U0001699

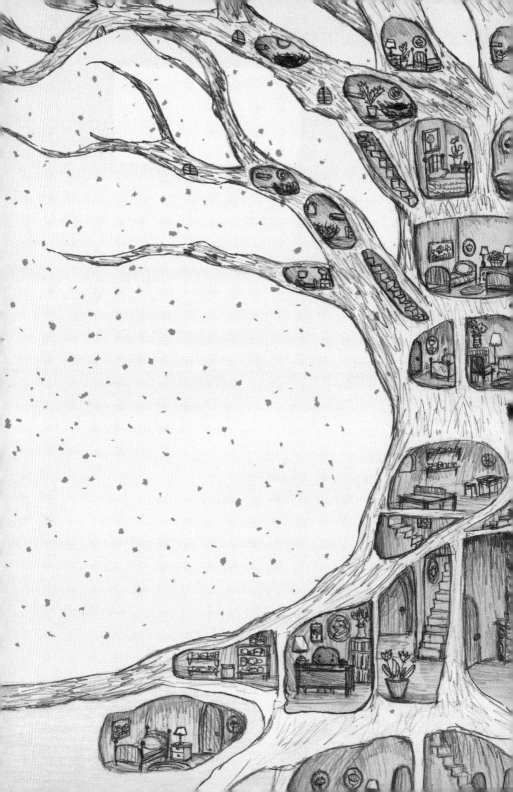

Heartwood Hotel

樹旅館

友情的考驗

凱莉・喬治 Kallie George　著

史蒂芬妮・葛瑞金 Stephanie Graegin　繪

柯清心　譯

各界暖心好評

「這裡是『樹旅館』，你永遠無法預料新季節又會有什麼『驚喜』在等著我們！」大熊捎來「新旅館」的訊息，催生了一系列「繽紛之春」活動。而隨著「繽紛之春」活動展開，接續而至的是莫娜與提莉之間友情的考驗，以及活動所帶來的「好事」和「壞事」。作者以輕快的筆調與豐富的情感，讓我們隨著「用生命守護樹旅館」脈動，陪著書裡的小動物，經歷著我們在日常中也會遇見的生活點滴、心境轉折。誠心推薦。

—— 陳家盈 （翻轉讀書繪文學工作坊 負責人）

樹，是天地生機的小客棧；更是大小生物精緻又溫暖的旅館，庇護所有，也需要被他所愛的天地生物，相知相惜的守護。經歷季節流轉、生態變化，以及數不清的災難考驗，我們終於明白，藏著無限可能的森林，才是「真正的家」。

—— 黃秋芳 （小說家）

樹旅館所有夥伴的愛與理解，彷彿是堅守崗位的衛兵，為莫娜建構起一座安全堡壘，逐一的驅趕了嫉妒、孤單、寂寞、擔憂、質疑。夥伴間的尊重與包容，化為最貼心的服務，款待來自各地的疲累旅客。故事所牽引出的情感共鳴，更是輕盈的攪擾了讀者內心深層的溫暖漣漪，如冬日早晨裡亮晃晃的陽光，將會深深烙印在記憶中。

——黃淑貞（小兔子書坊店主）

危險又刺激的故事情節，讓《樹旅館》系列新的一集同樣引人入勝，縈繞其中的友誼與真心，讓我們更愛這套書。不論是拜訪老朋友，或者結識新朋友都很棒，很高興看到小老鼠莫娜真的在新家安頓下來了。

——Satisfaction for Insatiable Readers Blogspot

（網站書評）

集合了想像、小型社會、刺激冒險的故事情節，非常適合念給學齡前的孩子聽，也適合可自行閱讀的小讀者，優游閱讀這部迷人的小說。

——Orange Marmalade Books Review（網站書評）

尋找新家與朋友，解除樹旅館危機，解決神祕事件之後，小老鼠莫娜與樹旅館一起面臨全新挑戰。葛瑞金的畫筆下的知更鳥夫婦，生氣的青蛙與浣熊，爭執不休的蜜蜂與螢火蟲，栩栩如生、可愛無比。如何融入所處的小世界，是莫娜日常生活的苦惱與考驗，撫慰人心的故事，適合開始閱讀章節小說的讀者。

——Jean Little Library Blogspot（網站書評）

V

導讀
小老鼠莫娜的回家路

柯清心（本書譯者）

　　《樹旅館》是一系列四部的暖心童話故事。故事場景發生在溪水穿流，林木茂盛的蕨森林中，一間以服務聞名的豪華旅館——樹旅館。故事裡的「人物」，除了旅館老闆賀伍德先生、旅館的員工之外，還有森林中大大小小的動物，甚至連昆蟲也一起來湊熱鬧，加入這場演出。他們一起建構出一個熱鬧非凡、繽紛多樣的世界，呈現各種互動與喜怒哀樂，就跟人類的世界一模一樣。

　　書中女主角——小老鼠莫娜，一開始在秋風瑟瑟的森林裡流浪。莫娜在一場粗蠻的暴風雨裡，失去了爸爸、媽媽，因此只能獨自孤單的生活。沒有了父母的保護，在危機四伏、充滿飢餓野獸的蕨森林裡，幼小的莫娜必須比其他小動物更加膽大心細，才能保住自己的性命，否則隨時可能被他們當成餐飯，吞進肚子裡。

　　莫娜在一次躲避狼群攻擊的過程中，不小心闖入了賀伍德先生經營的隱密旅店——樹旅館。從此之後，她的生活便

起了翻天覆地的變化。

　　原本只是被賀伍德先生好心暫時收留，在旅館裡當臨時工的莫娜，憑藉著體貼勤奮的個性，為旅館的住客化解問題，並以她過人的勇氣與機智，為旅館解除危機。莫娜最後終於獲得住客與員工的信任，為自己爭取到旅館服務生的全職工作，在樹旅館裡長住下來。

　　《樹旅館》系列故事的推進，大致上沿兩條主軸進行。一是外在的客觀環境，也就是大自然的季節變化。小讀者會隨著四季的更迭，看到動物在不同時令下的樣態，以及他們在相應的季節中，必須面對的考驗。

　　《樹旅館》在落葉蕭瑟的秋天，拉開了第一集的序幕，之後分別以冬日、春季為背景。

　　在漫天白雪的寒冬，旅館接待的多半是來冬眠的住客，員工的主要工作，就是為住客打造一個溫暖安全、食物充足的環境。

　　到了百花齊放的春天，樹旅館也跟著熱鬧起來。接二連三的活動，迎來一批帶著新生寶寶的新手父母，加上請來製蜜的蜂群、表演燈光秀的螢火蟲，春天的樹旅館，簡直堪稱熱鬧喧天。

　　《樹旅館》把「保護與尊重」奉為座右銘，員工不會因

為住客的身分而差別對待，就連小小的昆蟲在這裡，也能得到平等的待遇。

一系列故事在炎炎的夏日收場。樹旅館在這個季節，舉辦了一場盛大的婚禮——歡送可愛的廚師刺刺女士出嫁。這讓第一次參加婚禮，首次見識到大家族的莫娜，大開眼界。可惜在歡天喜地的婚禮後，動物卻要面臨一場最令他們害怕的夏季災難——森林大火。

然而也就是最後的這場大火，燒出了貫穿系列的第二個主軸——家——這也是《樹旅館》最核心的主題。

《樹旅館》系列，可以說是小老鼠莫娜尋找歸屬，最後找到新家的歷程。孤伶伶的莫娜，在不知不覺中，把大自然從她身邊奪走的家庭，用自己的方式，重新慢慢的拼湊回來了。

這不是一天，也不是兩天，就能夠辦到的事。而是莫娜三番兩次，在危難中挺身而出，以機智化解危機，用真誠對待身邊每一位朋友，所贏取來的。

莫娜在枯葉滿地的秋天，引導狼群誤闖大熊的巢穴，使樹旅館免於曝光。

在寒風暴雪的冬夜，冒著生命危險，與田鼠小帽一起在雪中尋找迷途的松鼠提莉、亨利。他們的壯舉，不僅化解旅

館短缺糧食的難關，也融化了原本鐵石心腸的兔子女公爵，使女公爵敞開心胸，為一群挨餓受凍的孤兒動物，打造一個收容他們的地方。

莫娜在朋友齊心協力的幫助下，完成了一件又一件不可能的任務。她的勇敢善良，使她和樹旅館的朋友，慢慢建立起堅實的革命情感，和牢不可破的信任。

大夥兒隨著時間推移，逐漸凝聚出家人般的關係——大夥兒一塊生活，一起吃飯，偶爾吵架拌嘴，卻又彼此關心——家人就是應該這樣子的嘛！

「家」的意義，就這樣在莫娜心中，悄悄的起了一些變化。家庭成員，不必是同類同種，也不一定非要血緣至親才行。一個相互肯定接受，愛護關心，並彼此扶持的環境，就是最好的家。

莫娜的爸爸生前曾經在樹旅館的大門上刻過一顆心，那是她父母少數留在世間的痕跡。莫娜曾經很努力的探聽爸爸、媽媽的事蹟，試圖拼湊出記憶中他們已經模糊的身影。

森林之火破壞了樹旅館所在的大橡樹，但那似乎變得不再重要了，因為只要有家人的地方，就會是莫娜的歸屬。

不管氣候怎麼變化，不管森林裡有什麼意想不到的災害，這個由一群好友組成的家庭，都將為莫娜遮風擋雨。

也許莫娜的爸爸，當年在刻下那顆心時，也同樣覺得樹旅館是個安頓身心的好地方吧。那顆刻在門上的心，就是他們對女兒及世間萬物，最好的祈願與祝福——保護自然，尊重萬物，好心善待世界，世界也將回報於你。

XI

目次

獻給蒂芙

———凱莉‧喬治

獻給克莉絲蒂娜與凱利

———史蒂芬妮‧葛瑞金

Heartwood Hotel

樹旅館

友情的考驗

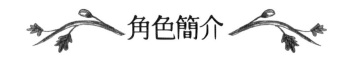

角色簡介

賀伍德先生 旅館老闆

說話喜歡押韻的獾。他為了讓所有動物有個安全的地方可以休息，因此開設了樹旅館。

莫娜 服務生

膽識過人的小老鼠。莫娜雖然是個子最小的一個，但是全心全意盡最大的努力，替所有顧客服務與著想。

提莉 服務生領班

紅毛松鼠是莫娜的好朋友。提莉樂於跟朋友分享，十分寵愛失散已久、終於重逢的弟弟。

吉爾斯先生 櫃檯接待

以工作為榮的蜥蜴。吉爾斯先生負責客房預約及入住的行政工作。在賀伍德先生休假時，由他代理經理職位。

亨利

個性活潑、嗓門很大的紅毛松鼠。夏季時，因為一次偶發事件與姊姊提莉再度相聚而來到樹旅館。喜歡熱鬧的他，總是帶來許多意外與驚喜。

魯賓森夫婦

為了孵化第一顆蛋寶寶來到旅館的知更鳥。新手爸媽魯賓森夫婦,為了要給鳥寶寶取名而爭論不休,同時剛好趕上替蛋寶寶報名參加比賽。

羅碧隊長

謹慎、威嚴的蜜蜂女王。她以操練精熟的蜜蜂隊伍為榮,應聘來到樹旅館製造蜂蜜,並在關鍵時刻帶領隊伍解除危機。

佛羅里恩團長

自信、勇謀的螢火表演團團長。帶領螢火表演團於夜晚精采演出,也帶領夥伴與蜜蜂隊伍合作趕走不速之客。

奎爾森先生

行蹤神祕的豪豬。莫娜懷疑他是對手派來的商業間諜,其實他是為了「愛」而再度來到樹旅館。

阿快

速讀高手蝸牛。陰錯陽差來到樹旅館,利用他的速讀技巧,幫莫娜找到了關於爸爸、媽媽的蛛絲馬跡。

獨眼貓頭鷹

不請自來的貓頭鷹之一。獨眼卻目光如炬的貓頭鷹,不僅大鬧樹旅館,更在莫娜心中留下難以抹滅的恐懼。

賀伍德先生休假去

樹旅館的空氣中飄盪著嗡鳴聲，小老鼠莫娜從她的鬍鬚都能感受到。春天來了，旅館的賓客、員工，就連旅館所在的這棵大樹，都有了各種動靜：枝枒上冒出花苞，樹皮滲出汁液，地板跟著彈動，甚至還有真正的嗡鳴——那是聘來為住客製作蜂蜜的蜂群發出的聲音。

唯一顯得精神頹靡的是旅館老闆——賀伍德先生。今年冬季事情異常繁重，這隻大獾拖著沉重的步伐，硬撐到現在，因此在員工鼓吹之下，賀伍德先生

終於決定休息，出門去拜訪朋友。

所有員工聚集在大廳送他出門，就像一場大型的退房活動。

莫娜撫平身上的圍裙，確定自己看起來比較像樣，並調整掛在脖子上的鑰匙。

賀伍德先生難得身上沒掛鑰匙或穿背心，他穿了一件針織外套，戴著帽子，身邊有個樹瘤做的行李箱，提把部位由樹根製成。莫娜在樹旅館裡見識過所有類型的行李箱，從小小的種子到挖空的樹枝，賀伍德先生的箱子是她見過最大的。

不過，賀伍德先生沒拿起行李箱，他還是試著想把旅館的大小事安排妥當。

「春季掃除的事……」

「已經分配好，也開始了，賀伍德先生。」刺蝟管家，希金斯太太說。

「還有食物……」

「都囤夠，儲存起來了，賀伍德先生。我們剛到了

一批貨。」豪豬廚師，刺刺女士說。

「那訂房部分……」

「這一季到目前為止，訂房率還不高——」希金斯太太才開口。

「不過，別擔心。」負責的櫃檯的蜥蜴，吉爾斯接著說。賀伍德先生不在時，旅館便交由他負責。「『跳跳節』快來了，我已經擬妥計畫，會辦得穩穩妥妥的。」

「『跳跳節』是什麼？」莫娜悄聲問提莉。

「是一場盛大的派對——有點像橡實節。」松鼠提莉也悄聲回答。

提莉不僅是莫娜最好的朋友，也是服務生的領班，而且還是樹旅館裡，最愛發脾氣的人。但是，自從提莉找到失散已久的弟弟亨利之後，最近笑的次數比生氣的次數多。

「我超愛派對的！」亨利大聲說，他嗓門很大。

賀伍德先生似乎不以為意，他對著小松鼠疼愛的笑了笑：「我差點忘了，拿去。」賀伍德先生打開行李

箱，拿出一粒橡實交給亨利。「我去拜訪朋友時，你在旅館玩橡……」他頓了一下，想找到韻腳。賀伍德先生講話最愛押韻。

不過，這回亨利幫他把話說完了。「謝謝賀伍德先生！你們看！」他對莫娜和提莉喊著，嗓門特別大。

「噓！」提莉說：「我們等一下再玩。」

賀伍德先生關上行李箱後接著說：「那麼保安方面……」

「您就別擔心了，賀伍德先生。」擔任警衛的啄木鳥湯尼說。

他對莫娜擠擠眼。

莫娜驕傲的翹起她的鬍鬚。她雖是服務生，卻救過這間旅館，而且救了兩次：一次是在秋天時讓旅館免於受狼群攻擊，一次是在冬天時讓大夥兒免於挨餓。

「很好，所以沒什麼好擔心的，因為有各位……」賀伍德先生又在拼命想押韻了，通常他都能押對韻。

「好了，」刺刺女士說，「您最好快走吧，您都想

不出韻腳了。您真的需要好好休息。」

「是啊，」賀伍德先生說，「不過我那位朋友常常有自己的重大計畫。」他調整帽子，拿起行李箱：「千萬記得：『睡得安穩，吃得開懷，還有……』」

「『在樹旅館的時光最開心！』」所有員工齊聲喊道。

「會最開心的！」吉爾斯說著，鱗片上的綠色變得明亮了。「我一定會確保這一點。」

我也是！莫娜心想。「再——」她才開口。

但亨利比她更快：「再見，賀伍德先生，**再見！**」

莫娜從敞開的旅館門口，目送賀伍德先生消失在蕨森林裡。她心想，**賀伍德先生不會離開太久的，旅館不可能出事的，對吧？**

當然了，這裡是樹旅館，你永遠料不到新的季節可能帶來什麼「驚喜」。

儲藏室的線索

「把那個蜂蜜拿過來！快點！別拖拖拉拉！排好隊形！」羅碧隊長嗡嗡的說。她喜歡人家稱她「隊長」，而不是「女王」。「你們都知道規定。」莫娜聽到蜜蜂大隊沿著樓梯飛向廚房。

先不管規定如何，羅碧隊長和她的蜂隊把所有東西都弄得黏答答。他們的蜂蜜雖然可口，但是造成的髒亂，往已經是一長串的春季掃除清單上，再添上一筆。

賀伍德先生離開後，此時的莫娜和提莉應該忙著掃除，但是提莉卻有別的打算。

「走這邊。」提莉著帶著莫娜離開樓梯，穿過走廊。

「我們不是要打掃儲藏室嗎？」莫娜問。

「一下子就好了，相信我——很值得的。」提莉咧著嘴笑。

她們來到走廊盡頭，提莉指著上方。

「我什麼都沒看到。」莫娜說。

「再看仔細一點。」提莉說。

走廊的天花板上，有個像小星星的金黃色水珠，水珠緩緩滑動，然後「答」的一聲落下，掉在一只碗裡。碗裡裝滿了蜂蜜。

「這是從上邊的蜂窩滴下來的，地板上有個小縫。」提莉說：「我把碗擺在那裡。」

「我們是不是應該告訴希金斯太太？或吉爾斯？他們可以找螞蟻木匠工班來修補。」莫娜表示。

「**修補？**」提莉大叫說：「誰會想修補這個縫呀？」

她從圍裙口袋裡拿出兩枝松葉針，一枝遞給莫娜，

讓她在碗裡攪動，蜂蜜便在松葉針上黏成一坨了。

　　蜂蜜甜美可口，提莉舔著嘴唇說：「本來就應該這樣嘛，蜜是拿來吃的，不是等著被洗掉的。」

　　莫娜深表同意。

　　「你怎麼會發現？」

　　「不是我發現的，是——」

　　「是我！」這時，亨利從走廊衝過來，他的尾巴幾乎跟身體一樣大。

　　提莉對他燦然一笑。

　　「我向來能找到那種好東西。」亨利說。「我幾乎把**每一個**密室和通道都找出來了，全靠我的鼻子。我有

靈敏的鼻子。」他吹噓說。「我聞出你們在這裡了。現在是休息時間嗎？我們可以玩了嗎？你答應過我的。」

「現在還不行。」提莉說。

「你們去玩吧，」莫娜大方的表示，「我會把儲藏間打掃乾淨。」

莫娜看著姊弟倆一起蹦蹦跳跳的下樓，一個是紅色大尾巴，一個是小尾巴，他們倆都一樣毛髮豎直。

如果莫娜的家人還活著，她也會想跟家人一起休息。她不介意幫朋友多分攤一點工作。

可是，當莫娜打開最後一間儲藏室的門時，忍不住倒吸一口氣。這不是**多分攤一點**就能了事的，而是得**費很大力氣**。

這間儲藏室又大又亂，裡面堆滿書籍、盒子，甚至還有一張床！屋子裡有一堆蘆葦編成，搖搖欲墜的雨傘，一個裝著冬青飾品，滿是灰塵的大箱子，以及上面標示「**雜物**」的古老大皮箱。

幸好，莫娜覺得自己能夠勝任打掃的工作──因為

蜂蜜給了她力量。莫娜拿著蒲公英掃帚，迅速的打掃房間，一邊隨手整理。她還是沒辦法像提莉那樣用尾巴撣掉灰塵，但她一直在練習用尾巴扶正東西，而且愈來愈駕輕就熟。

　　春季掃除帶來一種莫名的成就感，就像穿上燙得平平整整的圍裙一樣，圍裙是提莉為她做的，上面有顆心。另外，在每個從未見過的新舊房間中穿梭，也很讓

莫娜興奮，她覺得不像在打掃，倒像是在探究祕密。

莫娜剛想到這裡，便看見了一樣東西。

靠牆的是一個排滿樺樹皮裝書的大書架，每本書的書背都有一顆心。這些是什麼書啊？莫娜心想。

好奇的莫娜把掃帚靠到書架邊，墊起腳尖抽出一本。

對一隻小老鼠來說，書很重，她拿得很吃力，差點兒被書的重量壓倒。不過，她勉強扛著書，小心翼翼的把書放到床上。莫娜翻開書封的樺樹皮，裡面的紙頁已經舊到發捲了，但她還是能讀得出內容。

我們好高興能在這裡慶祝婚禮，很抱歉我們造成的氣味，只是我們實在太緊張了。但一切都如計畫順利完成，我們很期待以後能回來慶祝我們的周年慶。

——薩茲伯里夫婦

莫娜認識薩茲伯里夫婦。今年秋天，她曾經幫這對臭鼬夫妻準備蜜月套房，他們到樹旅館慶祝十週年結婚紀念。

現在，莫娜明白這些是什麼書了。

是訪客留言簿！大廳裡總是會擺上一本，讓住客在上面留言。她從來沒想過，留言簿一旦寫滿會收到哪兒去。留言簿就是住客寫下住宿體驗的本子。莫娜翻著本子，好奇其他住客會說些什麼。接下來的一則留言，因為錯字的關係有點難懂。

> 對不起對 我咬門把，因為魔姑門把很好吃，可是馬麻說不行。下次我會停話真的。
>
> —松鼠莎莉

莫娜咯咯笑了起來。接著，她想到亨利，便嘆了口氣。莎莉令她想到提莉的弟弟。亨利不會吃門把，他年紀沒那麼小，但他老是礙事。莫娜又往後翻了幾頁。

真是天大的災難！我的門把被吃掉了，而且我的房間都是臭鼬味。很顯然的，什麼「保護與尊重，絕不以爪牙相向」，在這間旅館根本行不通。若不是為了美味的花蜜百匯甜品，老子早就離開了。

——蜂鳥海辛西

　　莫娜的鬍鬚往下一垂。可憐的海辛西……至少食物讓他對旅館的印象有點加分。而且，下一位住客也挺開心的……或者說，看起來好像是。

溫熱的種子蛋糕，燙嘴的舒芙蕾，
你將留駐我心。

——奎

　　好神祕啊！莫娜心想，不知道這些本子裡藏了多少難解之事，多少故事——或許可以一路追溯到旅館創立的時候。

追溯到……她的爸爸、媽媽！

莫娜的爸爸、媽媽曾經在樹旅館住了好幾個月，他們雖然曾在旅館幫忙，但不是這裡的員工。他們是這裡的住客！住客有可能在**訪客留言簿**上寫下留言。

莫娜對爸爸、媽媽的事知道的不多，只曉得她媽媽烤的種子蛋糕，跟刺刺女士做的一樣油潤可口，而樹旅館大門上的心，則是她爸爸刻上去的。當然了，那是很久以前，早在她出生之前，在他們被暴風雨吞噬之前的事了。莫娜沒有任何兄弟姊妹，只有爸爸、媽媽。她一直很想知道更多關於他們的事。也許，現在她有機會在訪客留言簿上看到。

莫娜抬眼望著滿滿的訪客留言簿。

好多啊，成千上百的小顆心，一排接著一排，擺滿整座書架。有些看起來較新，有的看起來較舊。莫娜該從何處看起？

想全部看完，大概要看到地老天荒吧——除非有幫手。

提莉！提莉可以幫忙讀。

於是，莫娜千辛萬苦的把書放回書架，匆匆跑去找她的朋友，把自己的發現與她分享。打掃的事，就先暫時放到一旁吧。

畢竟，**祕密最好能夠分享**，而朋友，就是分享祕密最棒的對象。

大熊昏昏帶來消息

樹旅館的門有點神祕，門上有一個雕刻成心形的暗鎖，按了便能打開。為了安全起見，這個暗鎖故意弄得很難找。每次莫娜進出旅館，就會想到她爸爸。若是能找到她爸爸、媽媽在訪客留言簿上的留言，會更別具意義。

莫娜來到了旅館外面，但是提莉正忙著陪亨利玩，沒注意到她。

「**接好！**」提莉對亨利喊道。

提莉和亨利在旅館前方，就在靠近森林，被大樹的

樹根遮住一小部分的地方。莫娜只看得到姊弟倆來回跳動的耳朵和他們的尾巴末端。

「接得漂亮！」提莉大喊一聲。一顆橡實球竄入空中，接著又消失。

莫娜正想繞過樹根，卻因為提莉的一句話而停下來。「我一直很想玩接球，」提莉接著說，「沒有跟誰一起玩能比跟你玩更棒了，亨利。」

還有我啊！莫娜心想。

莫娜走到空地上。

「接住！」亨利看到莫娜，大喊一聲。

莫娜試圖接球，但橡實球實在太大了，直接從她頭上飛過。球撞著樹根滾回來，越過亨利，滾進森林裡了。

「你最好去追球，亨利。」提莉搖著頭說。她轉向莫娜問道：「你打掃完了嗎？動作可真快！」

「其實還沒有，」莫娜說，「但我想跟你說件事。」

「我也有件事想跟你談……」提莉表示。

可是，她們倆都還來不及說什麼，便聽到尖銳的叫聲。

「**嗡嗡，攻擊！**」羅碧隊長的喝令，害莫娜、提莉和亨利全都跳了起來。他衝了回來，非但沒取回橡實球，反而還躲到姊姊的背後。

嗡嗡飛響的蜜蜂大隊從旅館飛出來，在他們三個上方湧動，朝一個巨大的黑影飛過去。

那是一頭熊！

但那不是一般的熊，莫娜立即認出來，他是樹旅館的好朋友——大熊昏昏。雖然過去幾個月，昏昏都在冬眠而沒有進食，可是看起來他卻長得更大了。昏昏黑色的毛似乎多了一倍，也許是因為毛太亂了，需要好好的刷一刷。

「**住手！**羅碧隊長，快住手！」莫娜大喊。提莉和亨利背貼著樹根，害怕到什麼都不敢做。

昏昏抬起一隻前掌，看起來像是搞不清楚狀況，而

不是憤怒。蜂群分成兩個V字形隊伍。莫娜擔心，他們就要蜂湧而上了。

「**停下來！**」莫娜再度高喊，趕緊跑過去，但羅碧隊長根本不聽。莫娜得趁雙方受傷之前採取行動。當隊長的都怎麼發號施令？隊長要如何喊停？

「**立定——！**」她高喊。

奏效了。羅碧隊長在空中旋身面對莫娜：「小老鼠小姐，你必須撤退！對方是頭大熊！」

「他也是位朋友！」莫娜說。

昏昏看到莫娜，便垂下爪子。「是朋友。」他說。

「朋友？」羅碧隊長一臉訝異：「大熊才不是朋友！」

「這一頭是。」莫娜說：「他在秋天的時候，幫旅館趕走了狼群。」

「我有嗎？」昏昏一臉正經的問。他的記憶力不太好。「啊……好像有欸，」他笑了笑，「對！我是來謝謝你的。謝謝你把蜂蜜留給我，莫娜，順便來還這個。」

莫娜發現，他的另一隻爪子裡拿了個圓罐子，上面刻著樹旅館的標誌。樹旅館為了對大熊昏昏的協助表示感謝，在他冬眠的窩外頭，放了一個裝滿蜂蜜的罐子。

羅碧隊長一臉驚訝的說：「原來這就是我耳聞已久的那頭熊嗎？對不起，大熊先生。」

「唉呀，別那樣說，」昏昏回答道，「我又沒被螫到，你不用道歉啦。」

「很好，」羅碧隊長說，「那我們就離開了，我們得修補一處滲漏。」

「我們的私房好料沒了。」莫娜聽到提莉嘀咕說。

說完，羅碧隊長和蜂群行禮之後，就飛回他們位於大樹中央，空心大樹瘤裡的蜂巢。

「天啊，」昏昏說，「他們飛得好快。我很高興有找到正確的地方，我還以為我跑到別家旅館了。」

「昏昏，蕨森林只有一間旅館而已喔，」莫娜溫柔的說，「就只有樹旅館。」

昏昏揉了揉鼻子：「情況不一樣了啊。有間新的旅

館開張了，很奢華的一間。」

「有嗎？」莫娜問。

「沒有嗎？」昏昏說。

這會兒，莫娜跟昏昏一樣糊塗了。

「我是聽一些小鳥說的，」昏昏說，「我很確定我沒聽錯。我在冬眠後，記憶力**真的**有比較好，可是……」

咕嚕嚕！好大的一聲。

「不好意思，」昏昏說，「是我的肚子在叫。」

他突然在自己的手邊瞥見一顆橡實——那是亨利的球——便拿起來「咔喳」一聲吃了。

「**喂！**」亨利大喊，不過他還是躲在提莉背後，沒敢亂動。「那是我的玩具！是賀伍德先生送我的禮物。」

「糟了！」昏昏說著把橡實吐出來，但是橡實已經破了。

「沒關係。」莫娜說。其實她有點高興，因為現在她不必對付飛來飛去的橡實了。不過，她還是很疑惑，

昏昏到底在講什麼？一間新的旅館？

咕嚕嚕！ 又響了一聲。

「我得先走了，」昏昏說，「我肚子餓了，需要吃點莓果。」

等昏昏道過別，一路嘟嚷著離開後，莫娜轉向提莉和亨利。

亨利對於橡實球破掉的事並不生氣，反而相當興奮。「我真不敢相信，你竟然跟一頭熊說話！你就直接走上去，真的好勇敢啊，莫娜！你相信他剛才說的嗎？一間新的旅館！一家奢華的旅館！我們一定得告訴大家！」

「我不確定耶……」莫娜說，「昏昏一定是弄混了。」

「可是，如果他沒說錯呢？」提莉就事論事的說：「亨利說得對，我們應該讓吉爾斯知道。何況，我的肚子也在咕嚕咕嚕叫，該去吃午飯了。」

莫娜不覺得餓，因為腦子裡塞了太多東西。她抬眼

望著樹旅館，看著大樹巨大的枝枒，以及從各個房間透出熠熠星光般閃動的燈火。

她好愛這間旅館。**森林裡真的要開另一間旅館了嗎**？若是真的，那表示什麼意思？莫娜並不確定。

風吹拂大樹的枝幹，旅館被吹得咿呀作響，彷彿它也不太確定。

繽紛之春

莫娜和提莉跟著亨利走下樓，來到位於大樹樹根之間的廚房。

樹旅館地底下的房間數量，幾乎與地面上的一樣多。從最上層的頂樓套房，到深土裡的冬眠套房，莫娜通通都喜歡。

廚房更是她最喜愛的地方之一。這裡會成為員工聚集的地方，一點都不奇怪，因為廚房裡總是飄著美食的香氣，像是烤橡實，黏牙的起司起酥。刺刺女士總是在廚房裡東忙西忙，一批又一批的烤著她最著名的種子蛋

糕。雖然大家沒法與刺刺女士擁抱，但她說，她將她的擁抱烤進蛋糕裡給大家了。

不過，那天午餐時，廚房裡似乎沒有任何擁抱，只有交疊的雙手和緊繃的尾巴。

負責櫃檯的蜥蜴吉爾斯坐在桌子的主位，賀伍德先生的位置上，身上掛著代表經理身分的M字徽章。

吉爾斯身旁是希金斯太太和她先生，園丁希金斯先生。警衛湯尼也在。

「你們猜怎麼了？怎麼了？」亨利大聲喊說。

「不需要猜，」吉爾斯調整自己的領結說，「我們都知道，賀伍德先生不在時，旅館由**我**負責。」

「因為你也不斷的提醒我們這一點。賀伍德先生真

的需要休息了，」希金斯太太說，「他都沒法好好的做決斷。」她衝著吉爾斯的徽章皺眉頭。

「我很懂得休息，對吧，提莉？」亨利大聲問。

「我們**不會**有時間休息的。」吉爾斯興奮的說。「春季通常沒什麼大事，但我們要讓春天**熱鬧起來**！我們一定要讓賀伍德先生明白，他可以放一百二十個心去休假。我們是蕨森林裡最棒的旅館，是蕨森林裡唯一的旅館。」

「不對，我們不是，」亨利脫口說道，「蕨森林有另一間新旅館！」

吉爾斯的尾巴一抽：「新旅館？你這話是什麼意思？」

「昏昏剛剛來過，」莫娜連忙解釋，「他說有間新的旅館要開張了，而且相當豪華。他是聽小鳥說的。」

吉爾斯的尾巴又抽了一下，這回抽得更大力了，還打翻刺刺女士手上的一盤種子蛋糕，蛋糕在地上摔爛了。

希金斯太太看著地上的蛋糕嘆一口氣。「你確定嗎？」她問莫娜。

莫娜搖搖頭：「老實說，我不確定，夫人。昏昏的記憶力向來不太好。」

可是，接著湯尼說了：「我也從一隻路過的信差松鴉那兒，聽到同樣的消息。他只跟我說，新旅館雖然還在打造，但應該會影響蕨森林的客源。我還以為他只是故意想氣我，看來並不是。我們是不是得派誰去打聽一下？」

「你是指當**間諜**嗎？」亨利興奮的說著，從地上抓起一片種子蛋糕。

「亨利……」提莉斥責他說。

吉爾斯打斷他：「我們才不是間諜！我們有我們的水準，我們絕不會降低水準，只會提升水準。」

「我們是不是該捎個信給賀伍德先生，吉爾斯？」莫娜問。

吉爾斯搖搖頭：「**當然不行！**他才剛剛離開，我們

得自己處理這件事。大張旗鼓的，沒錯！我們要辦得熱熱鬧鬧的給大夥兒瞧瞧！」

「什麼意思？」

「我總是對賀伍德先生說，春季需要弄得更熱鬧繽紛才行。『樹旅館跳跳節』跟『橡實節』太像了，得更熱鬧才行……」

「可是……樹旅館跳跳節聽起來挺好玩的。」莫娜回答說。

「如果你喜歡蹦蹦跳的話……」亨利吐掉一些種子，說，「跳來跳去是兔子愛的，**球賽**才好玩。」

「亨利，安靜！」提莉說：「我不是跟你說過了嗎？嘴裡有東西不要說話！」

但吉爾斯聽到亨利的話了，他兩眼發亮：「球賽！沒錯！而且不僅是玩球而已，要辦**比賽**。想讓住客真正的踴躍參與，要辦一整季的賽事。冬季的雪雕比賽是個起頭，但我們還可以做得更多！還有在結束的時候，更要辦一場最盛大的活動。一場完勝所有派對的超級派

對，一個『**繽紛之春**』活動！讓大家瞧瞧，我們才是蕨森林最棒的旅館，那是鐵錚錚的事實。」

希金斯太太搖著頭：「這不好說。」

吉爾斯激動的全身都成了豔綠色：「你們別這樣，我們要鼓起勁兒，我需要舉辦賽事的各種點子。」

「我有一些主意！真的，經理先生！」亨利說著從椅子上跳下來。

吉爾斯垂眼望著自己的徽章，然後咧嘴一笑：「太棒了！」他大喊。

亨利燦然一笑：「就跟你說嘛，我能幫得上忙，提莉。」

「比較像是給我們添麻煩吧。」提莉嘟嚷說，但她驕傲的揉了揉亨利的耳朵。

莫娜覺得胃都揪成了一團，通常**她**才是那個出主意的人。

亨利拿著他的清單，興匆匆過去幫吉爾斯時，提莉彎身靠向莫娜。

「我好高興看到亨利這麼興奮，」提莉說，「這真的是很大的改變，在小帽的孤兒之家時，孤兒之家裡有很多像他一樣的孩子……老實說，我正想跟你說這件事。莫娜，我需要你跟亨利換房間，拜託你了！」

　　莫娜的胃揪得更緊了：「為什麼？」

　　「因為亨利還沒準備好自己住，雖然希金斯太太特別清出了她的縫紉間給他。」

　　「可是……」

　　「我們房間只夠兩個住。你就這樣想吧，再也不會有吵死人的松鼠打呼聲了！」提莉逗她說。

　　「你打呼又不嚴重，」莫娜回答說，「我的意思是，你**確實**會打呼，可是我本來希望今晚能跟你一起看幾本舊的訪客留言簿。那是我今天找到的，我想睡前跟你一起看，我希望能夠找到──」

　　莫娜還沒機會把話說完，提莉已經按住她的手了：「你的爸爸、媽媽！說不定他們在上面留言了！我們會找到時間一起看的，即使我們住在不同的房間。」接

著提莉又說：「只要這個『繽紛之春』的活動不會變得太瘋狂就好了。我有跟你說過，我們曾經在這裡舉行過蝙蝠生日派對嗎？所有東西都顛倒了，是**真的**上下顛倒哦！」她氣呼呼的說。

　　莫娜笑了笑，也緊緊回握住提莉的手。可是如今賀伍德先生不在樹旅館，她要換新的房間？還要舉辦「繽紛之春」？莫娜忍不住覺得，**事態已經翻天覆地了**。這跟蝙蝠沒有半分關係，完全跟某隻小松鼠有關。

愛吵嘴的魯賓森夫婦

　　「繽紛之春」的活動，突然隨著樹林裡花苞綻放就開始了。

　　莫娜剛剛適應她的新房間，還沒開始跟提莉一起看訪客留言簿，松鼠快遞便送來了吉爾斯訂購的宣傳單。吉爾斯驕傲的把第一張宣傳單釘在大廳的火爐架上。

　　「繽紛之春」的活動內容都還沒擬定，就先開始打廣告，似乎挺蠢的，但吉爾斯想即刻展開。莫娜坐在櫃檯的一疊書籍上面，盯著宣傳單。

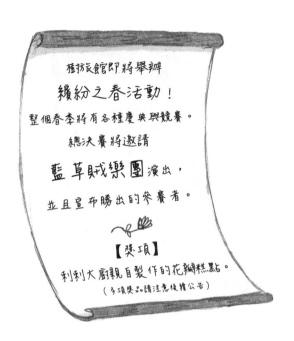

橡坊旅館即將舉辦
繽紛之春活動！
整個春季將有各種慶典與競賽。
總決賽將邀請
藍草賊樂團演出，
並且宣布勝出的參賽者。

【獎項】
利利大廚親自製作的花瓣糕點。
（多項獎品請注意後續公告）

　　她被叫來幫賓客做入住登記，吉爾斯、提莉和亨利則去森林裡張貼更多的宣傳單。畢竟他們比她重要多了——連亨利也是——可以處理更多事務。莫娜相信，她和提莉可以輕鬆的完成這份工作，但她爭不過吉爾斯，尤其現在人家可是經理。

　　莫娜盡量不為這件事煩心，她整理好辦公桌，確保房間鑰匙都整整齊齊的掛在櫃檯後方的掛勾上。

　　莫娜發現自己還有一些空檔，正打算去樓上拿一本訪客留言簿看時，大門突然打開了。

莫娜從櫃檯望出去，看到一對非常生氣的知更鳥，帶著一顆蛋飛入旅館。那是她見過最藍的一顆蛋，蛋就擺在一個非常蓬鬆的巢裡。

「輕一點，親愛的！**輕一點！**」鳥媽媽大聲說。

「我**是**輕輕的拿呀。」鳥爸爸說。

「這邊，把它放到這裡，像這樣。」

兩隻知更鳥小心翼翼的把蛋放到櫃檯前，然後望著裡面的蛋。「唉呀，糟糕了，蛋殼上有一道刮痕。」鳥媽媽喊著，她戴著一條蘋果籽串成的項鍊。「是被小枝枒刮到的嗎？」

「我就知道這座森林不夠安全。」鳥爸爸說。他打了條跟他胸口羽毛完全同樣顏色的紅領帶。他用翅膀撫摸著蛋。

「蕨森林遠處那片地區，實在太危險了，」鳥媽媽說，「我們必須保護理查——」

「是羅傑。」鳥爸爸打斷她的話說。

「蘿絲瑪莉？」鳥媽媽試探著說。

「我還挺喜歡蘿絲瑪莉的。」鳥爸爸若有所思的說。

「不好意思。」莫娜表示。

知更鳥夫婦抬頭看著她。

「是一隻小老鼠。」鳥媽媽說。「你在這裡工作嗎？」

「是的，我叫莫娜，是旅館的服務生。」她答道。

「可是，那隻大獾呢？」

「通常在櫃檯迎接各位的是蜥蜴吉爾斯，但他目前暫時代理不在旅館的賀伍德先生。我可以幫兩位登記。」莫娜打開登記簿。

「賀伍德先生不在嗎？」鳥爸爸拉直領帶，露出不確定的表情。「這樣呀……賀伍德先生是我們到樹旅館的原因之一，獾可以保護我們和我們的蛋，我們的蛋非常脆弱，而森林裡又險象環生，那些狐狸、黃鼠狼、

鵰、老鷹、貓頭鷹……」他打了個冷顫。

莫娜也跟著打了個冷顫。那顆蛋也在巢裡搖了搖。

「唉喲，拜託，別那麼大聲！」鳥媽媽要他安靜些。「你明知道即使只提到他們，都會讓我們的寶貝蛋作惡夢。」

「我可以跟二位保證，樹旅館依然是蕨森林裡**最安全**的旅館。」莫娜說。「『睡得安穩，吃得開懷，在樹旅館的時光最開心。』是我們的座右銘之一，我們有很多座右銘。」

她指著掛在樹旅館火爐上的告示牌：「我們堅持『保護與尊重，絕不以爪牙相向』以及『無論來客大小，我們一律歡迎。』」莫娜又想到，上面也貼了「繽紛之春」的宣傳單。

「我們不僅是最安全的旅館，也是最熱鬧繽紛的。」她又補充說。莫娜相信吉爾斯一定會希望她提到這點：「兩位是來參加盛會的嗎？」

沒想到，鳥爸爸竟然搖搖頭。

「這裡有活動嗎？」他問。

「是的，是樹旅館的春季特別活動，有各種競賽與……呃……我們還不太清楚所有活動內容，不過……」

「噢，天啊。」鳥媽媽說：「我們想替我們的蛋寶寶找個安靜安全的地方。你看，因為我們是新手父母——魯賓森一家，我們只想把最好的給我們心愛的魯普特。」

「是魯塔巴蓋。」魯賓森先生咳了一聲說。

「魯塔巴蓋？絕對**不能**是魯塔巴蓋。」魯賓森太太搖頭說。

「『繽紛之春』活動不會打擾二位的，」莫娜連忙說，「這只是為住客安排的競賽和趣味活動……例如……」她望著他們的蛋，蛋能做什麼？

「任何競賽我們家的蛋都會贏，」魯賓森先生堅定的表示，「它是最貼心的。」

「也是最圓的。」魯賓森太太說。

「也是最可愛的，」魯賓森先生做了結論，「沒有比我們家更可愛的蛋了。我們住下吧，我想看瑞秋贏得她的第一個第一名。」

「我們的蛋叫羅納德。」

「羅素！」

在魯賓森夫婦為了名字而爭執不下時，莫娜幫他們做好入住登記，並把鑰匙交給這對夫婦。莫娜看著他們用鳥喙小心翼翼的銜著小巢的提把，拎在他們之間飛上樓。莫娜表示要幫忙，但他們堅持自己帶鳥巢上樓。

莫娜從沒見過如此特別的父母，他們若是發現，「繽紛之春」並沒有專門為蛋設計的比賽活動，不知道會不會很失望？不過，館方還是可以籌畫的。莫娜心生一計，一個非常特別的點子——**「最可愛寶貝蛋」**比賽！吉爾斯一定會很高興！莫娜笑咪咪的想。

最可愛寶貝蛋

「太棒了!」吉爾斯說。吉爾斯到森林裡貼宣傳單一回來,莫娜便把自己的點子告訴他。提莉和亨利直接跑去吃東西了,吉爾斯雖然累了,還是希望回到櫃檯的工作崗位。莫娜跟他分享這個點子之後,他立即精神大振:「有何不可?我們可以鼓勵更多鳥兒帶他們的蛋來參賽。」

「也許他們會順便帶來關於新旅館的消息。」莫娜開心的說。

「沒錯!」吉爾斯身上的顏色變得更濃豔了,他立

猪扮旅館本週的
繽紛之春活動：

～ 🥚 ～

最可愛寶貝蛋
比賽

活動地點：猪扮旅館庭院區

※休息區備有蛋寶寶專用籃。

刻決定：「我得馬上再多貼點宣傳單。」

　　宣傳單吸引了一群飛鳥賓客，但他們並沒有帶來新旅館的消息。當青蛙抵達時，他們提到好像有聽過一些傳言，但他們更關心的是，館方能不能讓所有的青蛙蛋都參加這場比賽，或是規定只能一顆，因為報名參賽的賓客實在太踴躍了。大部分家庭都登記要住上整個春季，直到最後總決賽。

　　「來賓願意住下來是最棒的。」每次又有一個家庭決定住下時，吉爾斯便說。

莫娜很快發現，這些住客的**要求也很多**。他們需要大量客房服務，因為他們從不離開房間，唯一能清理房間的時段，就是比賽期間。也就是說，到時候她會困在房間裡忙著整理房務，無法觀賽。

「我告訴你，有斑點的蛋是最可愛的！」一隻燕子啾啾的說。

「單一顏色的看起來**才**更可愛！」魯賓森太太回嗆道。

雙方的爭執，一路從庭院傳到魯賓森家住的枝枒樓層套房裡，當時莫娜正在房裡打掃。咻，咻，咻！她拿著蒲公英掃帚，盡快的掃著。如果她能趕快收拾完畢，就還有時間看一部分的比賽。要是提莉能來幫忙就好了！可是因為希金斯太太不想管繽紛之春的事，吉爾斯只能讓提莉這個服務生領班來負責活動的籌畫兼裁判，因此莫娜只能獨自負責房務。

呃，**算是獨自吧**……

「莫娜，山雀的房間在哪兒？他們忘記讓蛋寶寶戴童帽了，有**摺邊**的那一頂。」亨利皺著眉頭衝進來問。

「在隔壁。」莫娜說：「你確定你——」

「我是來拿東西的！」他驕傲的說，然後頓一下：「哪一個隔壁間？」

「我最好帶你去。」莫娜嘆口氣，放下手裡的掃帚。

亨利又進來時，莫娜正在替魯賓森家的照片撣灰塵。有的照片懸在棲木上，有的靠在鳥巢裡，整個房間擺得滿滿都是！

亨利嘴裡塞滿了莓果蛋糕，莫娜知道那是給住客的，員工不該吃住客的食物，但亨利似乎不在乎，也不在乎吃東西該閉嘴。「晶哇汪……」

亨利嘴裡的蛋糕屑噴得莫娜滿滿臉都是。

「你說什麼？」莫娜問。「亨利，提莉說，吃東西時別說……」

亨利大口吞下蛋糕之後，說：「青蛙忘記拿他們最

愛的睡蓮葉了。」

「在他們的浴缸裡。」莫娜說：「你真的不該吃……」

太遲了，亨利已經一溜煙跑掉了，只留下滿地的蛋糕屑，莫娜心中開始萌生怨氣。

她在外頭陽臺替魯賓森夫婦的洗澡盆注水，小心翼翼不讓水濺出來，因為連陽臺上都有照片。這時，亨利又衝進來了。這一次，他還揮著一條柔軟的樹皮布。

「莫娜，我有東西要給你，是魯賓森夫婦打亮蛋殼的專用布，他們不需要了。你在哪裡？噢，你在外頭。**你看！**」他把布舉在頭上，準備扔過去。

「亨利，別扔！」莫娜大叫。

「接好！」亨利朝她一擲。

擦布從她頭頂飛過去，擊中魯賓森家眾多照片其中一張，是他們靠在盆子邊的照片，照片被擊落到水裡。

嘩啦！

「唉呀，慘了！」莫娜大叫，連忙去撈照片，可是

照片已經泡溼了，在她手中散開來。

亨利的臉一垮。「我⋯⋯我不是故意的。你應該接好嘛！我扔得**很準**。」

莫娜聽得怒火中燒，她衝進屋裡，手裡抓著照片的碎片。「聽我說，」她對亨利揮了揮剩下的碎片，「照片毀了！你應該好好的把布拿給我，而不是用扔的。你最好自己去告訴魯賓森夫婦這件事。」

「可是⋯⋯」

莫娜搖著頭：「現在就去！」

亨利離開房間，莫娜則把照片放到集塵籃裡，拿起掃帚，更加使勁兒的把房間再掃一遍。她知道魯賓森夫婦會很生氣。亨利真的不該幫忙，他太小了，又不是服務生——他只是個孩子。

莫娜突然聽到一聲尖叫。

她衝到魯賓森家的陽臺上往下看，底下羽影雜竄，鳥群驚急的四處亂跳。

噢，不好了！莫娜心想。**魯賓森夫婦一定很生氣，**

也許我不該讓亨利自己下去。莫娜匆匆跑出房間下樓。

「唉喲！」莫娜經過大廳時，撞上一隻胖嘟嘟的豪豬。幸好她沒被任何尖刺刺中。

「噢，對不起！」莫娜說。

「哪裡，哪裡，是**我**不好意思。」豪豬說。他的臉藏在墨鏡和一頂帽沿超寬的帽子底下。豪豬有幾根長長的灰刺，從帽頂穿出來。豪豬揮著一片捲起來的樺樹皮，那是其中一張宣傳單。「我是到這兒來──」

「**亨利！**」魯賓森太太在花園裡喊道。

莫娜巴不得趕到外面，但她不能對打算入住的賓客那麼無禮。

「您是來這兒參加『繽紛之春』的嗎？太棒了。」莫娜說：「能不能麻煩您在這兒稍等一下，我一會兒就回來幫您登記入住。」

「事實上，我叫奎爾森先生，是從⋯⋯」

但是莫娜心不在焉，她仔細聽是否有更多尖叫聲，但叫聲停住了，於是她把注意力轉回新的賓客身上。

「⋯⋯旅館來的。」豪豬把話說完。

這位奎爾森先生剛才是說，他從另一家旅館過來的嗎？會不會是從新旅館來的？但是說不通啊！莫娜真希望自己剛才有仔細聽。

「實在很抱歉。」莫娜說：「能不能請您再說一遍？」

奎爾森先生指著宣傳單底部的那行字：**刺刺大廚親自製作的花瓣糕點**。「我想跟你們的廚師，佩圖妮亞．刺刺談一談。」

真奇怪！莫娜心想，怎麼會有從其他旅館來的賓客，想跟刺刺女士講話？

「如果您想，我可以幫您帶個話。」莫娜答說。

「我⋯⋯呃⋯⋯」奎爾森先生把宣傳單捲起來：「嗯，我想說的話，最好能當面跟她說。」

「要不要我幫您登記一個房間？」莫娜問。

「好吧，謝謝你。」

莫娜很快幫他登記入住，她忍不住覺得這位奎爾森先生有點可疑。尤其他拿著房間鑰匙離開時，莫娜才發現，他竟然沒有行李，一件都沒有。

莫娜終於能往外面走了，風吹亂了她的頭髮，掀扯著她的圍裙。

庭院裡，各種色彩的蛋擺滿在覆滿青苔的草坪上，尺寸從小到大，有斑點的、帶條紋的，都擺在一排排美麗的籃子裡。院子裡甚至有一桶水，水上漂著一坨青蛙蛋。可是，大夥兒都跑哪裡去了？

接著，莫娜看到他們了，就在庭院周圍的一面黑莓牆邊。

亨利站在魯賓森夫婦中間，羞怯的笑著。

他們身邊圍著一大群鳥——從鶺鴒、燕子到一隻大雉雞——還有幾隻青蛙和幾隻蜥蜴，大夥兒舉著杯子

乾杯。

「敬亨利！」魯賓森先生說。

「敬亨利！」魯賓森太太附和說：「他才真正是一顆很有福氣的蛋。」

一旁的提莉看到莫娜，便揮著她當裁判時用的筆記板，示意要她過去。「真是一場災難啊！莫娜，你真應該看看的。」

「發生什麼事了？」莫娜問。

「都是風搞的鬼。」提莉解釋說：「魯賓森太太把三根葉子傘插在她的籃子上想幫蛋遮陽，可是那樣做實在太不明智，因為風吹動葉子，把籃子打翻了，她的蛋朝著黑莓的大刺滾過去！幸好亨利就在那兒，他看到了，在出事前及時把蛋救了下來。」

「天啊！」莫娜說。

「更棒的是，」提莉接著說，「鳥群終於停止爭執了，他們認為亨利是最可愛的，而且還是位英雄。」

現在亨利不僅是點子王，而且還成了**英雄**？可是，

他剛剛才毀掉魯賓森家的照片，他們知道嗎？他們肯定知道了，因為莫娜聽到魯賓森太太說：「還有，別為照片的事苦惱了，亨利，反正我們希望能有一張跟你一起拍的新照片。」

莫娜簡直無法相信。

雖然她不想這樣，但是她的不滿情緒變得愈來愈強烈了。她應該要高興才對，因為亨利救了蛋寶寶。然而情緒說來就來，有時就算自己不想這樣，還是會忍不住。

小小達人秀

　　往後的一整個星期，「亨利是英雄」這句話老是不斷出現在各種對話裡。住客、員工及提莉，幾乎把注意力都放在亨利身上。可是對莫娜而言，亨利比較像是個大麻煩，而非大英雄，尤其當螢火表演團——「**蕨森林螢火隊**」抵達，準備參加下一場活動——「**小小達人秀**」時，亨利更是教莫娜頭疼。

　　「小小達人秀」是吉爾斯的點子。「現在枝枒上的套房都滿了，我們必須也讓六隻腳昆蟲的房間都滿房才行。」他說：「我們可以幫昆蟲舉辦一場達人秀。」

櫟林旅館本週的

繽紛之春活動：

～ ～ ～

☆ ☆ ☆

小小達人秀

活動時間：滿月日

活動地點：櫟林旅館的觀星陽臺

※歡迎所有小小達人
來展現你的持殊才藝。

　　亨利把破掉的橡實球做成一把哨子，幫忙蕨森林螢火隊演練隊形。哨子聲響亮又尖銳，每次亨利吹哨子，莫娜便會被嚇一跳。可是，巢裡的鳥兒並沒有抱怨，所以莫娜也無法說什麼。

　　幸好她忙著準備活動，無心多想。雖然沒聽到新旅館的進一步消息，但吉爾斯還是希望樹旅館是最棒的。由於莫娜是隻小老鼠，也是員工中個頭最小的，她的手爪格外纖巧俐落，所以莫娜不僅打掃大部分的昆蟲房（千足蟲的房間是最麻煩的——掃地時得努力避開他所

有的鞋子），甚至還得在廚房裡幫刺刺女士。她們一起做小小的樹液捲餅和迷你腐木馬芬，給迷你參賽者的親朋好友食用。「謝謝你幫忙，親愛的。」刺刺女士說：「你的手真巧，就像你媽媽一樣。」刺刺女士的話讓莫娜覺得十分驕傲。

莫娜超想找空檔去翻看爸爸、媽媽在訪客留言簿上的留言，可是她幾乎沒有時間睡覺，更別說看訪客留言簿了。提莉雖然一口答應要幫忙，卻對訪客留言簿的事隻字不提。莫娜沒辦法怪她，因為情況真的跟蝙蝠的生日派對一樣瘋狂。

事實上，蝙蝠似乎是唯一沒有出席的住客。不過，旅館裡有很多昆蟲，他們在天花板上練習，在樓梯上排演，可是沒有任何一隻小昆蟲住客被踩到——或吃掉。吉爾斯保證在蕨森林最棒的旅館內，絕對不會發生這種事。

由於螢火隊有演出，「小小達人秀」安排在日落後舉行，地點就在觀星陽臺上。觀星陽臺蓋在一根大樹枝

上面，接近樹頂的高度，雖然有一堆燈籠照亮舞臺，但陽臺上還是很暗，是觀賞螢火的絕佳地點——當然，也是觀星的完美場地。

演出當晚，繁星如銀葉般閃動，森林像一片柔和的陰影包圍著旅館。就在莫娜快要送完小點心時，聽到吵吵鬧鬧的聲音。一開始她以為是亨利的哨子，結果不是，而是大大的一聲——**匡噹！**

「**是誰？**」莫娜喊道。

原本靠著樹幹放，現在被挪到一旁的陽臺桌椅後方，出現了一個大身影，原來是奎爾森先生。

「不好意思，」莫娜說，「您不該待在那裡。」

奎爾森先生跳了起來：「噢，呃，我只是在找……」莫娜看到他的鼻子一紅。

「找什麼？」莫娜問：「我能幫您嗎？」她朝奎爾森先生走過去。

「之後再說吧。」說罷，奎爾森先生匆匆離開。

真神祕啊！莫娜心想。

她回頭看著奎爾森先生剛才站的地方，**他在做什麼**？他弄倒了一張椅子——還有別的東西吸引住莫娜的目光——樹上刻了一顆小小的心。

住客不該在樹上亂刻東西，只是這顆心的刻痕看起來很舊，周邊的樹皮都捲起來了，樹幹本身顯然也經過日晒雨淋。

會不會是她爸爸刻的？他曾在旅館門上刻了一顆心。可是為什麼這裡也有？還有，奎爾森先生看那顆心做什麼？莫娜用手輕輕撫著刻痕。

莫娜的圍裙突然被扯了一下。

「原來你在這裡，我們可以吃一點馬芬嗎？」莫娜順著雕刻的心往下一望，看到一群小瓢蟲。

「當然可以。」莫娜連忙去拿他們要的馬芬。

不久，第一批參賽者在架起的舞臺旁邊集合完畢，「小小達人秀」開始了。莫娜趁著為大大小小的住客端送茶點的空檔，在一旁佩服的觀賞表演，把雕刻的心和奇怪的豪豬全拋到九霄雲外了。

　　小瓢蟲首先表演歌舞。

　　啦啦跳，春天到。
　　啦啦跳，盪呀盪。
　　哈哈蹦，跳個舞。
　　哈哈蹦，舞不停。

　　接著是千足蟲，他用四十二根腳趾跳踢踏舞。然後是一隻兔子，他個子雖然不小，但卻擁有微型才藝——他把整座森林畫在一顆種子上。在小小的舞臺上作畫，實在不容易！

　　三隻吹沫蟲展現他們吹泡沫的本領，真是苦了一些坐在離舞臺很近的觀眾。還有一隻臭蟲展示他贏得臭蟲

名號的神技，施展「超臭神功」──果然名不虛傳！

就在莫娜搧走臭氣時，提莉匆匆跑來找她。

「莫娜，快來幫忙！」提莉拿著筆記板，往舞臺側邊比劃著。最後的參賽者，蕨森林螢火隊正等著上臺，蜂群也在那裡。

「怎麼啦？」莫娜問。

「他們打起來了，蜜蜂本來應該在製蜜，而不是批評來賓，而我應該在當裁判！」提莉揮著手說：「我還算是**喜歡**吵架的，但我受夠所有爭執了。莫娜，交給你了，你最會處理這種事情。」

「別擔心，我會讓他們冷靜下來。」莫娜走過去跟羅碧隊長談，蜂群往兩旁一分，讓路給她。

隊長在空中盤旋，面對一隻叫佛羅里恩的螢火蟲，他是表演團團長。佛羅里恩兩邊半透明的黑翅上，各用莓汁寫了一個字母F，當他收合翅膀時，便出現FF──「蕨森林螢火隊」的英文縮寫。其他螢火蟲跟在他身後。

「我們的編隊是最棒的。」佛羅里恩說。

「編隊？我見過你們的隊形，連隊形都排不好。」羅碧隊長說。

「我們蕨森林螢火隊已經做燈光秀很多年了，」佛羅里恩答道，他的觸鬚撇了一下，「我們發明了『再見閃光秀』。」

「嗡嗡！然後就沒了，確實是很快就『再見』了！」羅碧隊長嘀咕說。

「我不期望你這種咖能夠了解。」佛羅里恩說：「真正的飛行，是一種氣場，是一把在你靈魂中燃燒的火。」他凝視繁星說。

「拜託……」莫娜才開口。

但她沒有機會往下多說，因為羅碧隊長嗡嗡的叫著：「氣場？天空是給精心訓練的隊伍使用的，不是靠感覺的。」

「那你們怎麼不參加達人秀？」

「我們是被聘來製蜜的，但相信我——」

「那就對啦！這場達人秀不是辦給你們這種咖參加

的，是給藝術家，能表演火焰、烈焰的專家參加的。」

「你**竟敢**如此看不起我們！」

「兩位……」莫娜再度發言，可是蜜蜂和螢火蟲根本聽不進去！

嗶！

　　一記哨音劃破空中，是亨利的哨子！莫娜沒注意他就站在附近。

　　「**來啦！** 是我們的信號！」佛羅里恩大喊一聲。

　　「可是⋯⋯」莫娜說。

　　無所謂了，螢火隊衝過枝枒，竄入空中。大夥兒都

停下手上的事，抬頭仰望，只有蜂群例外。他們氣憤的嗡嗡飛走了。

螢火蟲緊密的聚成一球，然後射出兩道耀眼的光束，接著光線突然一暗。莫娜還以為表演已經結束了，但是並沒有。一秒鐘後，螢火蟲又開始閃著光，這次他們旋飛成風車狀，最後看起來像空中的一朵大太陽花。接著他們「唰」的一下，飛往十幾個不同的方向，如流星般飛散開來。天空再次恢復漆黑，這次是真的結束了，只有真正的星星在空中閃動。

「哇！」陽臺上的觀眾都發出驚嘆。

螢火隊飛下來，回到舞臺上，觀眾報以熱烈的掌聲。

「你剛才看到了嗎？看到了嗎？我敢保證，蕨森林裡的所有動物都看見了！」亨利興奮的大喊大叫，用繩子掛在脖子上的哨子晃來晃去。「他們的演出實在太棒了！他們該上場表演時，是我阻止他們的爭執，我幫了忙，對吧？」

「當然是你了。」提莉說著走過來。

「大概吧……」莫娜說，但她看到羅碧隊長在欄杆附近徘徊不去，一臉很不開心的樣子。

「螢火隊真的很棒，不是嗎？」亨利轉向他姊姊說：「他們會贏吧？」

「噓！亨利，在總決賽前，誰都不知道哪個是贏家。」提莉責罵道：「還有，你吃了幾塊糕點了？」

「只有……十塊……」亨利一臉罪惡，「可是，糕點**真的**很小塊。」

「哼。走吧，你該上床睡覺了。」

提莉帶著亨利離開，莫娜則轉向羅碧隊長，隊長的尾刺還氣到發顫。

「那個隊形到處都是破綻。」羅碧隊長說：「竟然不許我們參賽，實在太匪夷所思了。我必須立刻找提莉談一談……」

「提莉去忙了，」莫娜說，「不過，接下來是『**最美的綻放**』比賽，或許您能幫忙一些住客參賽？」

「花朵嗎？」羅碧隊長聽了似乎更生氣：「你以為我們就只擅長**那個**嗎？」

「我……我……」莫娜結結巴巴的說，「對不起，我只是想……」

「雖然所有的蜜蜂都知道，蕨森林最邊陲的農夫花園裡的花朵最美，但知道那個並不需要技巧，排隊形是需要技巧的，再怎麼訓練都不嫌多。我要是能早點開始……」羅碧隊長的嗡鳴聲變得不太穩定。

「您這話是什麼意思？」莫娜問。

「在當隊長和女王之前，我是一位公主。我們的蜂窩被一隻大熊搗毀了，當時我還太小，又沒有技術，無法幫上忙。我發誓再也不會那樣了。自從那次之後，我從不讓我的團隊打造永久性基地，那樣比較安全。」

「很遺憾聽到您的蜂窩被毀。」莫娜溫柔的說：「我也失去我的家了，現在樹旅館就是我家，我會為它盡一切所能……」

羅碧隊長點點頭：「你是一隻很棒的小老鼠，我聽

過你所有英勇的事跡，我希望自己能夠有你在面對那頭大熊時的勇氣——他叫昏昏，對吧？」

「是的。」莫娜說。不過，應付昏昏似乎不是什麼英勇的事，因為昏昏太友善了。「不是所有的熊都是壞的，」她停頓一下，接著又說，「或許也不是所有的螢火蟲都不好。」

「**哼！**」羅碧隊長語氣一變：「眼見為憑，現在，我只看到那些螢火蟲露出我們側翼的破綻。」說完，羅碧隊長便嗡嗡的飛入夜色中了，留下莫娜一個。「**露出我們側翼的破綻**」究竟是什麼意思？

羅碧隊長的意思是，某種危險就要來臨嗎？

莫娜望著夜色，覺得夜影比以前變得更加幽暗了，莫娜忍不住打了個冷顫。

最美的綻放

接下來幾週，莫娜忙到快翻了，她把羅碧隊長的警告忘得一乾二淨。大部分的鳥蛋都已經孵化了，每天早上，幾乎是整個白天，她都得匆匆忙忙的把餐點送到每位住客的房間。

老實說，莫娜並不介意去住客的房間，因為她喜歡看鳥寶寶，雖然他們都還皺巴巴的，算不上可愛！不過這麼一來，莫娜常常沒空吃早餐，更擠不出時間翻閱訪客留言簿了。

因此，當「最美的綻放」比賽當天早晨，莫娜在走

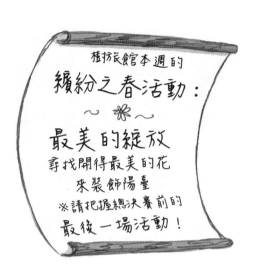

猫抓旅館本週的
繽紛之春活動：
~ ❀ ~
最美的綻放
尋找開得最美的花
來裝飾陽臺
※請把握總決賽前的
最後一場活動！

廊上看到提莉，手中拿著一本訪客留言簿時，莫娜嚇了一跳。莫娜突然覺得好開心。

「你記得呀！」

提莉皺著眉說：「噢，這本是空白的，吉爾斯叫我去拿的，大廳有個聚會，我們另一本訪客留言簿已經寫滿了，簡直是破紀錄的快啊。不過，我沒忘記你說要一起翻閱訪客留言簿的事，真的！只是……」

「我了解。」莫娜說著說著也皺起了眉頭。

「吃點這個也許有點幫助？」提莉說著，從她的圍

裙口袋拿出一片種子蛋糕給莫娜，然後兩個一起上樓。

這跟翻閱訪客留言簿的意義不一樣，但是種子蛋糕的確很好吃，於是莫娜對提莉笑了笑。

當她們來到大廳時，其他員工已經到了。吉爾斯站在火爐前調整自己的領結，看起來十分得意。他身上綠綠的鱗片，似乎日益明豔。今天的吉爾斯綠得跟蚱蜢似的，情緒也很躁動。

「啊，你們來了！」吉爾斯伸著舌頭說：「提莉，把訪客留言簿放到櫃檯上，然後我們便可以開始了。」

「怎麼回事？」莫娜問。

「有另一場比賽！」亨利說。

另一場比賽？莫娜和提莉彼此翻著白眼。

「吉爾斯瘋了。」提莉小聲說：「不是有品味的那種，而是瘋狂的那種。」

「明天就是總決賽了。」莫娜說。

「就是啊！」

其他員工顯然也有同感。

「吉爾斯，我得回花園了。」希金斯先生說：「我還沒把舞臺擺設好。」

「我要去檢查明天的時程表。」提莉也說。

「吉爾斯，如果你非要找事做的話，何不去幫忙布置？」希金斯太太建議說。

「好的，沒錯！我**正是**在想這件事！」吉爾斯說：「我們的旅館客滿了，樂隊已經練習過了——是著名的『藍草賊』。我們真是預訂滿檔啊！而且螢火隊都準備好了，他們太有才華了！他們的表演真令我驚豔，我請他們明晚演出。大部分住客現在都出去找花了，我就在想呀：為什麼好玩的比賽全都是住客在玩？何不讓員工也來比賽？另一家旅館絕對不會讓他們的員工參加競賽，不過樹旅館會善待每一分子，這樣我們會更有活力與好心情，準備盛大的總決賽。而且，我們可以利用花來**裝飾**，我想用花**覆蓋**整棵樹。」

「所以，如果我們其中一個贏了比賽，**我們**能拿到

獎品嗎？」瑪姬問，她是負責洗衣房的其中一隻兔子。

「是的，沒錯！無論誰找到最美的花——住客或員工——都能免費住宿頂樓套房一晚。當然了，得等『繽紛之春』活動結束之後，你可以邀請任何朋友或家人陪你一起住。」

所有員工立刻興奮起來，那可是大獎啊！亨利開始跳上跳下：「我也能參加嗎？可以嗎？」

「你又不是員工，亨利。」提莉說：「而且你也不算真正的住客，我不確定你能不能參加，但是我很確定我不能。哼，太不公平了，我真希望能去找花，但我得當裁判。」

「別這樣，提莉，拜託。」亨利扯著提莉的圍裙：「我嗅覺超靈敏的！我可以找到最美的花！」

最美的花……

莫娜想起羅碧隊長跟她說過，最美的花就開在農夫的花園裡，她知道那個地點。很久以前，在莫娜來樹旅館之前，她曾在森林邊陲的穀倉裡待過。那邊很遠，但

是她知道怎麼去，畢竟她是「厲害的小老鼠」，這點似乎大家都忘了。不過，要是她能贏得「最美的綻放」比賽……

「我要參加。」莫娜說：「我──」

「太好了！」提莉說：「我正希望你能帶著他呢。」

莫娜並沒有那個意思，但現在說太遲了。

「你要緊緊跟著莫娜，好嗎？」提莉告訴亨利：「別跑太遠。還有，一定要幫忙。」她揉揉亨利的頭。

「太謝謝你了，莫娜。」

莫娜回頭看著跳上跳下，超級興奮的亨利，看來她似乎沒得選了。

莫娜推著載行李的小推車，打算把花運回來。她往森林裡走，亨利跟在身邊。

春天的蕨森林不但生意盎然，還吸引許多住在森林深處的動物出現。莫娜隔著枝枒，看見窪地上有隻小鹿寶寶搖搖擺擺的學步，鹿媽媽驕傲的看顧著。一隻田鼠拼命掃除家門口樹根上的灰塵，三隻小地鼠正拿著草繩玩跳繩。亨利羨慕的看著他們。

「走吧，」莫娜說，「我們得去摘花。」

亨利精神一振，往前奔。「我找到一些了！」他說。

幾朵白色雛菊和藍色的勿忘我，點綴在小溪沿邊，長著青苔的小徑上。

莫娜搖搖頭。

「再走遠一點，會有更好的花。」她說。莫娜知道，如果他們順著小溪走，便會一路走到農夫的花園。

於是他們繼續沿著嘩嘩的小河走，亨利開始唱起了歌：

啦啦跳，春天到。

啦啦跳，盪呀盪。

哈哈蹦，跳個舞。

哈哈蹦，舞不停。

他聲音響亮，但是五音不全，即便如此，莫娜還是跟著哼唱。一會兒之後，亨利不再唱歌，反而開始提問了。

「莫娜，你住到樹旅館之前，真的自己一個住在這座森林裡嗎？」

莫娜點點頭，推著行李推車，說：「是啊，我在一間穀倉住了一段時間，也住過一個老樹樁。」

「會很寂寞嗎？」

有的時候會，但莫娜不想對亨利承認。「自己一個**安安靜靜的**，也挺好。」

亨利沒聽懂她的暗示。「我絕對沒有辦法自己一個住，我一定會很……」亨利停下來嗅著，尾巴跟著抽動，「你聞到了嗎？」

莫娜跟著聞，她老實的告訴亨利，她只聞到青苔和楓樹的味道。

「不對，還有別的，我不確定是什麼，可是……」亨利打著哆嗦，「我不喜歡。」

「你想太多了。」莫娜將推車推過一條樹根，輪子卡住了。

「來，我可以幫忙。」亨利說：「我個子比你大。我的意思是，我知道自己年紀**比較小**，但我還是**比你壯**。」他從莫娜手中抓過推車，用力一推。

啪！

車輪被樹根一撞鬆脫了，亨利鬆開手，車子沿小路

直往下衝。

咣噹！

推車撞到岩石，翻過去了。

「亨利！」莫娜大叫。「看你幹的好事，我雖然是小老鼠，但並不表示我推不了車子。」

亨利倒吸一大口氣，說：「我只是想幫忙嘛。」

「算了……」莫娜嘆嘆氣，「我們走吧。」

亨利看著遠處的推車，然後搖搖頭。

「不要，莫娜，我聞到**不好**的氣味。」

「那你就待在這裡，這是去找最美的花的路，我事後再回來接你。」

亨利瞪大眼睛。

「聽好了，」莫娜說，「你沒得選擇，我不會回去的，所以你也不行，誰都不會來帶你。」

結果是有的。

彷彿命中注定似的，莫娜聽到瑪姬和莫瑞斯的聲音，從森林裡傳了出來。

「苜蓿花！好吃耶！」莫瑞斯說。

「不行，莫瑞斯，別**吃**花。」瑪姬說。「如果你**吃掉**我們的參賽品，我們永遠也贏不到獎品。我跟你說過了，等我們回到樹旅館再吃午餐。」瑪姬和莫瑞斯正要回旅館！

「好了。」莫娜對亨利說：「問題解決了，你可以跟他們回去。」

「**你確定嗎？**」亨利答道，但他又聞了一次，忍不住發抖。

「很確定。」莫娜說。如果亨利回去，她就可以自己去找花了。「更何況，你不會想錯過午餐吧，我稍後就會趕上你們。」

就這樣，亨利點點頭，匆匆朝兔子的聲音走過去，他的紅尾巴最後消失在矮叢裡，看起來格外瘦小頹喪。

這樣比較好。莫娜對自己說。把亨利交給瑪姬和莫瑞斯，提莉就不會生她的氣了。亨利跟他們在一起很安全──反正比深入森林更安全。

亨利離開後，莫娜七手八腳的走下小徑，來到推車邊。她使盡力氣，試了好幾次，才把車子翻過來立在輪子上，但是至少她做到了。莫娜再次上路。

時間慢慢過去了，少了亨利在一旁嘰哩呱啦的聊著，森林裡安靜得詭異。

只是因為天氣的關係吧！莫娜心想。太陽不再穿過綠蔭，綠葉間能瞥見灰色的天空。會下雨嗎？風吹過樹林，捲起花瓣和絮絨，甚至還有一些「繽紛之春」的宣傳單，因為**到處**都貼了宣傳單。

有張宣傳單像長了妖異的翅膀似的，從莫娜身邊吹過，其他宣傳單也跟著吹過來，像獵鳥一樣在她頭頂旋繞。莫娜只能讀到幾個字：**比賽……總決賽……刺刺大廚**。

莫娜的尾巴開始發抖，脖子上的毛都豎起來了。

她是不是該回去找亨利和兩隻兔子？還是往樹旅館方向回頭？可是接著她又想到，要帶回最美的花朵才行。

繼續吧！她告訴自己，並且加快速度推著車子往前。這裡沒有其他動物，只是你自己在胡思亂想罷了。

但她錯了，因為一會兒之後，莫娜聽到一個低沉的聲音。

蝸牛阿快

「**向**您問好！」

莫娜僵住了。

「向您致敬！」聲音再次傳出。

莫娜心驚肉跳的四下張望，卻什麼也沒看到。

「是誰？」她悄聲問。

「我在下面。」那聲音回道。

莫娜小心翼翼的把推車往後拉開，車子前端出

現──一隻蝸牛！

莫娜鬆了一大口氣。看來亨利說錯了，因為蝸牛根

本沒有什麼好怕的。

　　蝸牛的觸角像會動的鬍鬚般往上翹，而且還戴了一副圓圓的大眼鏡。莫娜不知道他怎麼把眼鏡戴到眼柱上，也許是被黏液固定住的？他的殼是旋渦狀的紅，像一顆殷紅的小蘋果。莫娜發現，對方是一隻蘋果螺。蘋果螺通常住在水裡，但也會跑到陸地上。她在森林裡流浪時曾見過幾隻，後來她就到樹旅館了。蝸牛殼上綁著行李箱的皮帶，行李箱是用另一個殼做成的──一個非常小的蛤蜊殼。

蝸牛抬頭看著莫娜，然後眨眨眼。他的眼睛被鏡片放得好大。「也許你能幫幫忙，我在找我的旅館，我哥哥幫我訂了旅館住房，做為生日禮物。」

「您一定是我們的賓客。」莫娜說：「我是旅館的服務生，我叫莫娜。」

「太好了。」蝸牛說：「我走對路了嗎？我真應該帶一張地圖。」

「是的，您走對路了。」莫娜說。

「謝天謝地，能碰見你**真好**，或者我該這麼說，是你『碰』到了我。我沒有怪你的意思，我應該講大聲點的。我試著記住指示牌，但我一定是看太快了。我閱讀很快——其實我是速讀冠軍——有時讀太快會有問題，因為跳過了一些內容。」

「速讀冠軍？」莫娜問。

「是啊，我的名字叫阿快。」蝸牛眨著戴著眼鏡的眼睛說：「很高興與你相遇，但我必須繼續趕路了。」

莫娜看著蝸牛開始慢慢往樹旅館的方向爬，動作**極**

為緩慢。

按照他這種走路速度，至少得花一天又一夜，才能抵達樹旅館。

莫娜雖然很想找到最漂亮的花朵，贏得比賽，但她不能把賓客獨自扔在離樹旅館那麼遙遠森林裡。賀伍德先生絕不會這麼做，莫娜突然好想念那隻大獾。

「如果您願意的話，我可以送您過去。」莫娜對蝸牛說。

「可以嗎？」阿快精神大振：「我真的可以稍事休止嗎？」

「不好意思，您說什麼？」

「就是休息一下啦。」阿快解釋說：「這趟路好遠，我雖然是速讀冠軍，但做其他事，動作都極慢。」

確實等他爬上行李推車時，雨都開始下了，有幾滴雨穿過綠蔭，令阿快十分高興。莫娜推著他回旅館，滴滴答答的雨聲中，夾雜著他嘰嘰喳喳的說話聲。

樹旅館尚未映入眼簾，他們便聽到一片熱鬧喧天了。雖然阿快坐上了推車，回程還是花了他們倆很長時間。莫娜並未意識到自己離開了多久，直到她看到旅館。

白色的雛菊、藍色非洲菫、黃色的陸蓮花、棕色百合、藍色勿忘我，還有粉紅與白的延齡草，所有花一起編串成條，由住客和員工合力纏繞在陽臺的圍欄上。大夥兒邊工作邊唱歌，還大聲吆喝。有些住客甚至在春雨中梳理打扮身上的羽毛和絨毛，其他的則負責把蕨類和草塞到樹皮裡。莫娜聞到甜草和野燕麥的味道，還有臭菘！在兩條樹根間，由小溪流積成的池子裡，則漂滿了花瓣。

莫娜差點認不出樹旅館，它看起甚至不像一棵樹，而像……

「**盛大花迎會！**」阿快宣布說。

「那是什麼意思？」莫娜問。

「是我自己發明的說法，」阿快表示，「有時候最

適合的字，會在一瞬間冒出來。」

「這樣啊……」莫娜說。

「不過，我必須說，我沒想到我會脫口而出這個字眼。」

莫娜也沒想到會看到這個景象。「盛大花迎會」？莫娜也搞不清楚是怎麼回事了。

「走吧，」她對阿快說，「我可以幫您登記入住。」

樹旅館裡跟外面一樣色彩繽紛與忙亂。若說孟春時，旅館裡充滿活力，那麼現在簡直就是活力爆炸了。住客在樓梯上上下下——還無法飛的雛鳥甚至從扶手上滑下來。蟋蟀在大廳天花板上鳴唱，花栗鼠在空著的火爐裡吃堅果，一個豬仔家族正在刷洗大廳漂亮的新地毯。

「泥巴是拿來防晒用，不是弄髒地毯的。」豬媽媽對著一群小豬仔說。提莉說過，豬仔家族很愛乾淨，可是這也太荒謬了，他們甚至不讓莫娜在地毯上蹭腳。

瑪姬和莫瑞斯似乎不在意讓住客清掃，他們在火爐架上懸掛雛菊花串，把樹旅館的座右銘遮了起來。賀伍德先生絕對不容許這種事情發生。莫娜看到奎爾森先生就在她們附近，手裡拿著一堆雛菊花串。可是，他沒有把花串交給兩隻兔子去擺置，反倒是拔著其中一朵花的花瓣，一邊還喃喃自語，實在**很詭異**！

　　「莫娜，你回來了！」瑪姬問：「你的花呢？」

　　還用說嗎？她根本沒機會去找花！

　　「你真該看看亨利找到什麼。」莫瑞斯說。

亨利果然在那兒，看到這孩子，莫娜鬆了一口氣——直到她看見亨利手裡拿的一大朵花，粉紅色的心形大花，正是她想找的那種。

「是朵心形花！」亨利說：「你知道嗎，就像旅館的心一樣！想幫我把花擺起來嗎？」

「我得幫一位賓客入住登記。」莫娜的語氣有些不悅，她把推車從亨利身邊推開，往櫃檯走。

可是，當她調閱預約紀錄時，並未看到阿快或任何蝸牛的資料。

「我去跟吉爾斯談一談，」莫娜說，「他是我們經理，請稍待一會兒。」

她在賀伍德先生的辦公室裡找到吉爾斯，辦公室就在櫃檯後方，門打開了一個縫。坐在賀伍德先生的巨大樹枝座椅上的吉爾斯，顯得十分迷你，他正在跟希金斯太太爭論。

「太荒唐了，吉爾斯！我們設置隱密的大門是有道理的，那是為了大家的安全而不會輕易被發現，可是現在**不管是誰**都能輕易就找到旅館在哪兒了。」

「沒錯呀！」吉爾斯說：「我們就是想要讓**大家**都能來這裡。」

「不對，我們並不希望那樣！」希金斯太太吼說：「我們沒有房間了。」

「呃……」莫娜開口說，她很不想打斷他們。

「莫娜，你來了！」希金斯太太說：「有更多寶寶孵出來了，他們的房間需要打掃，蛋殼得妥善回收後拿去花園堆肥。當然啦，除非寶寶的父母希望留下來做紀念。」

「可是，吉爾斯派我們去找花。」莫娜說。

希金斯太太聽完又發怒了。

「我的確派你們去找花，但那是很久前的事了，大家都摘了好多花回來。」吉爾斯說：「好了，拜託，如果我們想把『繽紛之春』辦成，你一定得待在這裡。為什麼？因為旅館都客滿了，每個房間都有賓客入住。」

「**我們客滿了？**可是，我們現在有一位賓客正等著入住耶。」莫娜說。

吉爾斯伸出舌頭，又縮了回去。「是嗎？」

「他說，他有訂房。」

「你看看，旅館的水準直往下降了！」希金斯太太噴噴的說：「如果你能在櫃檯的事情上多花點時間……」

「我們會幫他騰出一個房間，一定要！」

「怎麼騰？」莫娜問。「你剛剛說，沒有空房了。」

「我的確是那麼說，真的沒空房了。」吉爾斯站起來，開始仔細研究掛在牆上的旅館大地圖。「我剛讓一個兔子家族住進最後幾間房，一家十四口，我給了他們三個房間。他們是女公爵的親戚。」吉爾斯現在簡直綠到發光了。

「這位賓客是隻蝸牛，不需要大房間。不然，讓他住昆蟲套房？」莫娜表示。

吉爾斯搖了搖頭，用尾巴敲著地圖，愈點愈用力。「已訂房，已訂房，都已訂光了！」

如果吉爾斯這才覺得不妙，那麼莫娜的心情只會更糟了。她從辦公室門口往外望，阿快已經慢慢爬上櫃檯，爬到訪客留言簿邊，似乎正在讀。

莫娜突然心生一計。「吉爾斯，其實還有一個房

間。」她指著地圖。

「但那是儲藏室，裡面擺滿了書。」希金斯太太說：「**絕對不行。**」

「老實講，」莫娜表示，「我覺得對這位賓客而言，剛好適合。」

果如不出莫娜所料，雖然一時間手忙腳亂，但阿快簡直「歡到發狂」，他對莫娜解釋，就是「非常高興」的意思。

莫娜一打掃完房間，阿快便住進去了，房間裡有一缸水、一份蒲公英葉三明治和一大疊書。「小老鼠小姐，若有任何在下能為你效勞之處，」他說，「我會很樂意幫忙，你真是把我照顧得很妥貼。」

「老實說，」莫娜有點猶豫，但心中又生出另一個主意，「如果您打算讀這些訪客留言簿，能否請您幫我找看看，有沒有小老鼠所留的話？拜託您了！我的爸爸、媽媽——梅德琳和提摩西——很久以前在這裡住

過，但我不知道他們姓什麼。我還是寶寶時，爸爸、媽媽便在暴風雨中喪生了。我一直想親自翻閱這些訪客留言簿，看看他們是否曾經寫下什麼，但是我一直沒有機會，而且我不像您會速讀。」

「沒問題，」阿快說，「不過是一個晚上的文字活兒。」

文字活兒？莫娜笑了。又是阿快自己發明的詞吧，但是聽起來很完美。

好友反目

乒！乒！咚！

第二天早上把莫娜鬧醒的這些聲音，實在一點也不悅耳。走廊上不只有一組，而是有兩組樂團正在拼歌，吵鬧聲一路傳到莫娜的房間。她起身下床，穿上圍裙，火速綁個結，然後從門口窺望，走廊兩邊的其他員工也都跟她一樣。

希金斯太太的房間外，有三隻浣熊正對著三隻青蛙大吼大叫。希金斯太太和吉爾斯也在，他們頭上還戴著睡帽，看起來一副沒睡飽的樣子。

碰！其中一隻青蛙敲著自己的鼓。「『樹旅館跳跳節』，一向都是聘請我們！」

噹！其中一隻浣熊撥動他的班卓琴。「但這**又不是**跳跳節，是『繽紛之春』，受邀來的是我們。」

「你沒取消跳跳節嗎？」希金斯太太問吉爾斯。

「我……呃……我……」吉爾斯似乎一時答不上來，可是接著他想到了，「我決定聘用你們雙方。」兩個樂團聽了還是不太開心，但至少他們不再爭吵。

莫娜很高興吵架終於結束了，然而她在廚房裡，卻又面對另一場爭執。

羅碧隊長發現，旅館請螢火隊在當晚表演，為此心裡很不痛快。

「我們不能也聘請他們嗎？」吉爾斯進廚房時，莫娜問他說：「就像你處理兩個樂團那樣？」

「我們已經雇用蜜蜂——請他們來製蜜了。」他回答說。

「罷了，」羅碧隊長說，「既然不給我們機會展現

精良的隊形，我們就永遠不再來了。我們明天一早就走。唯一能亮相登臺的，永遠就只有**那些**螢火蟲。」羅碧隊長嗡嗡嗡的飛走了。

「噢，天啊。」刺刺女士喊說：「瞧瞧現在出什麼事了。」

廚房裡煙氣彌漫，莫娜匆匆趕去幫忙。

「我以前從來沒有燒焦過東西，這麼多年從來沒有。」她嗚咽說。

「從來沒有嗎？」莫娜問。

　　她頓了一下：「好像有過一次，當時我很年輕，因為分心失神了……」

　　不知道刺刺女士指的是什麼意思，莫娜希望她能多說一點，可是她沒有。這隻豪豬只是打起精神，然後接著說：「沒事了，親愛的，這些我就留給亨利吧，他不會介意的，亨利比他姊姊的胃口還大。」

　　又是亨利？現在他還是個大胃王嗎？真是愈來愈誇張了！

到了下午，情況平靜了許多，彷彿大夥兒都在忙著刷理自己的絨毛和羽毛，準備參加盛大的派對。

　　不過提莉仍然四處奔走，著急慌忙的指派每位員工稍後要負責的工作：吉爾斯要主持典禮，刺刺女士要端上她的花瓣糕點，連警衛啄木鳥湯尼都有任務。身為巡邏員，湯尼必須重新點亮被吹熄的燈籠。

　　我會被指派什麼工作？莫娜心想。她覺得應該會是重要的事，但提莉還沒告訴她，只請她把燈籠沿著庭院裡的舞臺周邊擺好。今晚僅有一彎新月，夜色漆黑，他們會需要燈籠。

　　莫娜這會兒正在擺設用種子殼做成的燈籠，燈籠裡放的蠟燭不僅能照亮舞臺，還能在庭院裡散發柔和的光，到時候賓客便可以坐在庭院吃東西。莫娜把最後一個燈籠擺好，心裡想著自己的特殊任務會是什麼。這時，她聽到有個聲音從森林中喃喃傳出。

　　莫娜躡手躡腳的走到舞臺後方，在那兒看到一個多刺的剪影——是奎爾森先生。他正躲在陰影中自言自

語，這不僅是神祕而已，簡直堪稱**超級可疑**！他一定別有居心，但會是什麼？

莫娜想起自己第一次見到奎爾森先生時，他曾經提到他是從另一個旅館過來。從**那間**新旅館來的嗎？那間傳說中的豪華旅館？也許他是到樹旅館偷取商業機密？之前莫娜忙著「繽紛之春」的活動，所以未加細想，但現在想來似乎很有可能。

大夥兒都在外面。對奎爾森來說，現在正是偷偷亂逛的最佳機會，整間樹旅館任他窺探。

我得留意他，那將是我今晚的重點。莫娜心想。

這可是份重要的工作，有誰能比她更適任？她得立刻去跟提莉說。

可是，提莉對她有其他安排。

莫娜找到匆匆上樓的提莉，她一身精心打扮，沒穿圍裙，反是在脖子上圍了一條時髦的蜘蛛網狀圍巾。她的尾巴不再蓬鬆雜亂，而是捲成小小的毛捲，兩耳間甚

至還繫了蝴蝶結。

反觀莫娜還穿著圍裙，裙子上的心形圖案被泥土弄髒了，她好想也去換衣服。如果她們還同住一個房間，就能一起做準備了。

「莫娜，你在這兒呀，一切都準備就緒了。可是，有件重要的事得需要你處理。」她的朋友說。

「看緊奎爾森先生嗎？」

「奎爾森先生？不，我需要你幫忙看著亨利。」

莫娜的鬍鬚一緊。

提莉接著說：「他很喜歡昨天是由你照顧他。」

他喜歡？莫娜簡直無法相信，她不是讓亨利跟著瑪姬和莫瑞斯回旅館了嘛？

提莉繼續說：「今晚有好多事情要做，我沒辦法好好看住他，你若能幫忙盯著他好好吃飯，不要只吃花瓣糕點，那就太好了。他應該欣賞完螢火隊的煙火秀後就上床睡覺。我答應他，可以吹哨子示意螢火隊開始表演，亨利真的很興奮。」提莉把兩耳間的蝴蝶結擺正。

「不要。」莫娜平靜的說。

「謝謝你，莫娜，我就知道我能指望你。」提莉說著轉身往外走。

「不要。」莫娜說，這次聲音提高了一些。

「什麼？」提莉轉過頭問。

「我不要，提莉。」莫娜趁自己還沒失去勇氣，很快的說：「我不是松鼠的保母，我是一名服務生。」

「可是亨利……」

就在這時候，整個春季積壓在莫娜心裡的怒氣突然爆發了：「亨利，亨利，亨利！全都是他的事。」

「他是我弟弟呀，莫娜。」提莉說：「他是家人！」提莉的喊叫嚇得幾隻正好路過的兔子住客跳得特別高。提莉放低聲音，繼續急忙的說：「只因為他是這裡的明星，並不表示你就可以這麼酸。我真不敢相信我竟然會說出這種話，可是你的脾氣竟然比我還壞！」

也許提莉說的是真的，但莫娜不在乎。「**明星？！** 他才不是什麼明星，他是個小鬼，他不屬於這裡。一切

都變了，你、我們，連樹旅館都是，這全都是因為亨利的關係，他是**你的**弟弟。應該照顧他的人是你，不是我。我是服務生，我有自己份內的工作要做。」

「那你今晚最好做好你該做的事！」

「我會的！我就待在這裡。」莫娜指著旅館大廳：「總得有個員工留在室內看顧樹旅館，我才不在乎會不會看到你或亨利，或……」

可是那一瞬間，莫娜看到亨利了。

他就在她正前方，正在宴會廳門口東張西望。亨利

看起來頗為頹喪，**他到底聽到了多少**？莫娜還來不及說
任何話，亨利便溜掉了。莫娜突然覺得自己好像吞下了
一顆大岩石般難受。

提莉沒看到亨利。

「**算了**！」提莉大聲說，然後轉身背對莫娜，氣呼
呼的往走廊去。

莫娜站在原地，一時之間不知如何是好。她該去追
亨利嗎？不行，她剛剛只是說出實話。反正亨利會找到
提莉，他們擁有彼此，她不需要那對姊弟。

莫娜衝過走廊，來到大廳，遠離提莉，遠離可通往
庭院和派對的後門。

遠離大家。

失落的莫娜

並非大夥兒全都在外面，其實還有一位住客留在樹旅館裡。滿腔怒火的莫娜差點被蝸牛阿快絆倒。

他正慢慢的越過大廳，眼鏡擦得晶亮，身上的殼也是，看起來就像塗了一層特別閃亮的黏液。

「啊，莫娜，」阿快說，「我正希望能遇見你！」

莫娜深深吸一口氣，讓自己冷靜下來。

「我昨晚翻閱過所有訪客留言簿了。」阿快接著說。

「**所有**的訪客留言簿嗎？」莫娜不可置信的問。

「我這速讀冠軍可不是浪得虛名。」阿快咧嘴笑說。

「所以……？」她剛好需要這個，莫娜的心唱起了希望之歌，至少她會知道爸爸、媽媽寫了什麼。

「就像我說的，我翻閱過所有訪客留言簿了。你知道嗎？著名的詩人，烏龜田納森曾下榻此處。」

「還有呢……」莫娜追著問。

「你是指，還有深受讀者喜愛的花栗鼠作家，露易莎梅埃肯嗎？」

「還有我爸爸、媽媽。」莫娜說。

「是的，令尊令堂。」阿快回答說：「關於他們，我並未讀到有名為梅德琳或提摩西的小老鼠留言。」

「您確定嗎？」

「很確定。」

莫娜的心立即一沉。

阿快眨了幾次眼，開口說：「說不定……」

「謝謝您。」莫娜勉強擠出話，她不需要再多聽

了，莫娜知道「很確定」是什麼意思。她知道自己不該期待會有爸爸、媽媽的留言，可是她真的好希望能有。當然了，阿快還是得把這項壞消息告訴她。俗話說「壞事總是成三而至」。這下子，壞事已經有兩件了。

莫娜客氣的說了句：「請好好享受派對。」然後便繞過阿快，走向空蕩蕩的大廳。大夥兒都到外面了，她甚至懶得拿幾本書過來墊著。莫娜氣憤的往櫃檯後面一坐，坐在誰都看不見的地方。

她幹嘛老是跟提莉吵架？這次的感覺比以往都差，全都得怪亨利。

大型慶祝活動開始了，笑聲從外面傳進來，一定有誰忘記帶上後門了。派對的聲音實在太喧嘩，尤其是當「藍草賊」和「嘻皮跳跳團」兩個不停較量的樂團同時開奏之後，連在大廳都覺得很吵。

莫娜本來可以把門關上，但她又有點想聽，這種矛

盾的心態讓她更不高興。當你在生氣的時候，有時候會覺得怎麼除了自己之外，全世界都很開心。對莫娜來說，感覺確實就像那樣。

就在她覺得一秒鐘都不能再承受時，吉爾斯喊：「停！」音樂便嘎然而止。

「謝謝各位前來參加『繽紛之春』！」吉爾斯熱情無比的說：「這是不是最盛大、最豪華、**最繽紛**的一場盛會？樹旅館是不是蕨森林裡最棒的旅館？！」

觀眾贊同的鼓掌。

「現在，各位期待已久的一刻就要開始了——最重要的得獎名單宣布。首先是，『最可愛寶貝蛋』比賽，獲勝者將獲得這份可愛的蛋殼馬賽克畫。」

觀眾唧唧叫著，大聲歡呼。

「得獎者是——魯賓森家的蛋，萊利——」吉爾斯大聲喊道。

「是魯迪！」

「是羅娜！」

「是啦是啦，」吉爾斯說，「請領獎！二位是否很高興留下來參加樹旅館所舉辦的，**精采絕倫**的『繽紛之春』活動呀？」

「是的！」魯賓森先生啾啾的說。

「小心，親愛的。」魯賓森太太責備道。

接著安靜了片刻，莫娜發現魯賓森夫婦把他們的蛋扛下舞臺。她聽到有些鳥還在議論說：「他們會贏，只是因為他們家的蛋還沒孵化罷了。」

吉爾斯繼續說：「我們要頒發『小小達人秀』的獎項，這是一座很小的獎盃。得獎的是誰呢？果然是眾望所歸的——蕨森林螢火隊！」

觀眾開始再次鼓掌，可是吉爾斯說：「請先收起各位的鼓掌，蕨森林螢火隊稍後才會來領獎。螢火隊今晚為我們準備了一場精采的表演，他們正忙著在後臺暖身。」吉爾斯又說：「接著是最後一個獎項，請給我一點鼓聲好嗎？」

他獲得兩種鼓聲，而且聲音愈來愈響。

「好的，謝謝藍草賊和嘻皮跳跳團！『最美的綻放』的獎品是可以免費住宿頂樓套房一晚，得獎者是——松鼠亨利。」

觀眾爆出一陣歡呼。

亨利贏了？莫娜簡直不敢相信。

「亨利？」吉爾斯的聲音再次蓋過掌聲。莫娜想像著小松鼠走向舞臺，尾巴愈來愈大，愈來愈蓬鬆，提莉則驕傲的看著他。

今晚還能更糟糕嗎？

答案是：絕對可以。莫娜聽到一記尖叫，彷彿在回應她的問題。莫娜現在一聽，便能認出那個聲音。

是魯賓森家族，**這回他們家的蛋又怎麼了**？

可是，不僅止魯賓森家的蛋。

叩——答——叩叩叩！

叩——答——叩叩叩！

警衛湯尼發出警告。

怎麼回事？

莫娜早料到會出問題。她在旅館裡沒看到老是行蹤詭異的奎爾森先生，也沒見到他出現，他一定是跑到外面，想破壞正在舉行的活動。他是不是弄壞了一些燈籠？將餐桌翻倒？還是弄垮舞臺了？

說不定搗亂的是亨利，也許他又有什麼古怪行徑出包了。這下子提莉終於能看清事實，知道都是亨利的錯了。**這次他無法挽回局面了，但我可以。**莫娜心想。

她滑下椅子，跑往後門，把門整個打開。

但搗亂的不是奎爾森先生，也不是亨利，更不是魯賓森一家。

而是糟上更多倍的東西。

貓頭鷹黑夜來襲

是貓頭鷹！

　　一共有四隻貓頭鷹從夜空中滑翔而來，作勢攻擊。這群貓頭鷹身形龐大、灰黑，長著羽角，目光如炬。他們不是鳴角鴞，不是穴鴞或雪鴞，而是巨大的空中之狼——大鵰鴞。他們沒有發出尖嘯，甚至呼聲也沒有，而是靜悄悄的令大夥兒渾身發寒。他們張開銳利的爪子，爪子大到可以攫起一整隻豪猪……

　　咻！一隻大鵰鴞衝著刺刺女士飛來！奎爾森先生往她身上一

撲，他們倆及時一起滾到舞臺底下。

「躲起來！躲起來！快躲起來！」吉爾斯大聲呼叫，把其他動物也推到舞臺底下，那是庭院裡唯一安全的地方。

咻！另一隻貓頭鷹飛撲而下，爪子差點抓到吉爾斯的尾巴，幸好他及時安全的避開。

咻！這回一隻貓頭鷹直奔莫娜而來，她僵在門口。

「快進去，莫娜！快！」有個聲音尖喊著，是提莉嗎？

莫娜不知道，她看不到，也無法呼吸，因為一隻嘴比她的頭還要大的貓頭鷹，正朝她撲來。他伸出爪子，眼睛緊盯著她看——至少有一隻眼睛如此。

貓頭鷹的另一隻眼睛上滿是傷疤，他的爪子掠過莫娜的圍裙，撕去上頭的心。

不！莫娜心想，**那是提莉幫我做的**。她急怒之下，

爪子一鬆，往後翻滾，穿過門口，然後重重摔上門，及時把貓頭鷹擋在門外。

莫娜一喘過氣來，便衝往宴會廳，從窗口窺望旅館的後方。

許多燈籠都被撞碎了，但仍有足夠的殘光，讓莫娜看清一片狼藉的庭院。

桌椅翻倒，草地上四處散著花瓣糕點，舞臺上僅留下樂器和碎裂的樂譜。所有動物，不管是賓客和員工都一樣，團團抱在一起，擠在舞臺下方。吉爾斯、刺刺女士和奎爾森先生、瑪姬與莫瑞斯、希金斯夫婦、魯賓森夫婦緊抱著他們的蛋，還有其他鳥父母帶著他們的小鳥和雛鳥，大夥兒眨也不眨的瞪大眼睛，害怕的張著嘴。提莉呢？莫娜瞇著眼睛，才勉強找到她的朋友。提莉的尾巴不再漂亮的捲著，而是糾纏成一坨紅色。提莉在哭。亨利呢？他不在提莉的身邊。

莫娜在抱成一團的動物之間尋找，結果發現，所有她看得見的賓客與員工，全都抬頭向上望。

莫娜脊骨一涼，寒意直竄尾尖。

她不需要跟循其他動物的目光，也能知道貓頭鷹在哪裡，他們棲踞在樹旅館的樹枝上。她的鬍鬚也感受到了，還能聽見他們的聲音——那令人膽寒的呼叫，那是「繽紛之春」現在唯一的聲響。

繽紛之春！就是這個活動造成的災難，莫娜想起森林深處的宣傳單到處亂飛，任何貓頭鷹都瞧得見。為了最可愛的寶貝蛋而引發的爭吵和尖叫，雷動的掌聲和小小達人秀的明亮燈火，以及那些美麗的花，就像一盞盞

的指路燈，將大夥兒的注意力都引到這棵樹來了——好的跟壞的注目都來了。

「睡得安穩，吃得開懷，在樹旅館的時光最開心！」 那是賀伍德先生的座右銘，可是他們全忘得一乾二淨了，這下子誰都不再安全或開心了。賀伍德先生絕不會如此粗心大意。

可是賀伍德先生並不在，形隻影單的莫娜，只能靠自己來拯救這間旅館。她在面對狼群，受困在雪地裡時，都有額外的助力。

如果有誰能搭把手、幫個忙就好了，不論是提莉或刺刺女士，甚至吉爾斯都可以。可是這會兒他們都不在——她該怎麼辦？莫娜從來沒有如此害怕過。

啪！

一隻貓頭鷹飛下來，用爪子踩碎一只燈籠，把火滅了。

啪！啪！啪！

突然間，一切陷入漆黑，大夥兒驚慌的出聲求救。

莫娜踉蹌的往房間後退，自己也是滿心驚惶。她的腳跟撞到某個東西——是樹根嗎？跌倒的莫娜開始哭了起來——是絕望而無助的啜泣。

　　這時候，她聽到另外一個哭聲，聲音很微弱，似乎從她下方傳出來，彷彿來自樹根本身。

　　她知道樹旅館本身是棵活樹，但樹又不會哭。莫娜擦了擦鼻子，豎起耳朵仔細聆聽。沒錯，果真有哭聲。

　　莫娜把耳朵貼到樹根上，聲音聽得更清楚了。她摸索著，直至意外的摸到一個小凹處，一個手把——那是一扇門！

團結力量大

莫娜扯動門把，用了兩隻手，才把暗門打開。門底下有光，一只燈籠在小小的階梯中間閃動著亮光。

「哈囉？」莫娜悄聲問，沒有回應。

哭聲止住了，莫娜小心翼翼的又往下走幾步，往陰影裡瞧。樓梯底處有個窄窄的空間——她看到的是剪影嗎？這是庭院的祕密地道嗎？也許賓客和員工已經安全逃到這裡了？

「哈囉！」莫娜再次急切的呼喊，她匆匆走下最後幾道階梯，結果卻令她大失所望。那些只是掛在牆鈎上

的服裝罷了。有賀伍德先生的紅帽子和袋子，那是他在神聖睡眠節時裝扮用的，另外還有其他服裝，甚至有一襲上頭都是洞的結婚禮服，像是被蛾子蛀過，或是有豪豬穿過。

這裡一定是祕密更衣室。莫娜心想。

或者並沒有那麼神祕，因為其中有一套服裝動了，誰躲在那裏？

「是誰？」莫娜再次問道。

依舊沒有回應，但那套服裝移動著，露出一條化成灰，她都能認出來的紅尾巴。

　　「亨利？」莫娜說，她把一堆服裝推開，看到小松鼠抽著鼻子，揉著眼睛。

　　「噢，亨利！」莫娜一把抱住他，但他立刻抽開身。

　　「你在這下面做什麼？」莫娜問。「你有聽見、看見、聞到……？」

　　「嗯，」他抽抽噎噎的說，「你……你不會要我的，我不屬於這裡……」

　　莫娜立即明白，亨利不是在躲貓頭鷹，而是在躲她！

　　亨利一定是聽到她跟提莉吵架後跑來這裡。莫娜還來不及說什麼，亨利又大聲抽著鼻子說：「我只是……努力想做到最好……也許我不該來這裡，也許我應該回小帽的孤兒之家。」

　　「噢。」莫娜深吸了一口氣：「你聽到我跟提莉說

的話了，是不是？」

他點點頭，吸著鼻子說：「我知道你不想要我在這裡，我不屬於這裡。」

莫娜突然覺得亨利的話，就像她自己說過的，就像她在秋天剛到樹旅館，提莉對她擺盡臉色時，她們倆的對話。當時，提莉擔心自己會因為莫娜而失去工作，便對莫娜百般刁難。莫娜不怕自己會因為亨利而丟掉工作，但她怕會失去某些東西。

她向亨利靠過去，這裡空間不大，但足夠容下兩隻小動物。

「我很抱歉說了那些話，真的，亨利，我……我只是在害怕。」

「害怕？」他尖聲問。

「是的，」莫娜說，「害怕失去自己在這裡的地位……怕大家都喜歡你，勝過喜歡我。」她看著亨利說。

「可是，**大家都好愛你！**」亨利驚愕的說。「所有住客都知道你的名字。刺刺女士說，你的手好巧；吉爾斯說，你最會出主意；提莉說，她好希望自己像你一樣心胸寬大。」

「真的嗎？」莫娜說著微微一笑，可是笑容很快斂住：「提莉……」莫娜的聲音一哽。

「怎麼了？」亨利說。

「提莉被困在外面，因為……」

亨利睜大眼睛。

莫娜不想嚇著他，卻又必須讓他知道真相。

「剛才樹旅館被一群貓頭鷹攻擊了，亨利。」

亨利的尾巴轟的一蓬。「**貓頭鷹？**」他大聲說：「提莉在外面，而外面有一群**貓頭鷹**？！」

「不只是提莉而已。」莫娜說。

亨利開始往樓梯上衝：「快來呀，莫娜，我們得想點辦法，我們**一定得**想辦法！」

莫娜搖搖頭：「沒那麼容易，我們沒辦法像對付狼群那樣把他們騙走，或像面對暴風雪那樣迎面而上。我們需要一群軍隊，去攻擊貓頭鷹群，可是每個……大家都被困在舞臺底下了。」

她差點又陷入絕望，但亨利看著她。

「不是大家都被困在那兒。」亨利說：「我沒有，還有……」

「蜂群也沒有。」莫娜幫他把話說完。

他們**確實有**軍隊——一整個中隊——旅館裡還有一群長了尖刺的軍隊。

莫娜和亨利從密室爬出來，匆匆趕到樓上的蜂窩，

蜂窩就在空心的樹瘤裡。旅館裡安靜到有點可怕，他們爬得愈高，亨利便將莫娜的手抓得愈緊，她能理解原因。莫娜感受到危機在大樹中四竄，比樹汁還要濃稠。

他們倆終於來到黏答答的走廊了，莫娜敲著小小的房門。

「我們下班了，正在收拾。」屋中傳來羅碧隊長的聲音：「別來煩我們。」

「我是服務生莫娜，拜託你了，羅碧隊長，有緊急狀況啊！」

門開了，羅碧隊長抬頭看著莫娜。莫娜看到隊長身後是空心樹瘤中打造出來的小室，所有蜂窩都清空了。蜂群在隊長後方大聲嗡嗡響著，為接下來的去向爭執不下。他們一定吵了一陣子了，所以沒聽到攻擊聲。

「我說我們要走，可不是在開玩笑的。」羅碧隊長說。

「你們不能走，」莫娜大聲說，「我們需要各位幫忙。」

「幫忙製蜜嗎？」羅碧隊長說。

「不是，是幫忙保護我們。」莫娜表示：「**有貓頭鷹！樹旅館被貓頭鷹攻擊了。**」

轟！

羅碧隊長神情立刻嚴肅起來，所有蜜蜂停止爭執，全員戒備。

「貓頭鷹！我是有聽到幾聲尖嘯，我以為那是活動的一部分，原來如此。我們的側翼破綻**曝光了**。你們有什麼防衛嗎？」

「我們什麼防衛都沒有，」莫娜說，「只有湯尼出聲警告我們而已，但他被困在庭院的舞臺底下了。」莫娜描述發生的一切狀況時，羅碧隊長來來回回的踱步。

「你說是一群貓頭鷹，不止一隻，是吧？貓頭鷹通常不會成群結隊攻擊，這實在太不尋常了。我是可以領隊反擊，但是……」

「但是什麼？」莫娜問。計畫一扯到「但是」兩個字，絕不是什麼好事。

「他們的羽毛很厚，我們的刺可能會卡住。」

莫娜深吸一口氣：「所以，你們無法攻擊嗎？」

「不，我可沒那麼說，我懷疑我們有刺他們的必要。一批精良的蜂群應該便能嚇退他們了，尤其是採用精確、堅定、勢不罷休的隊形，就能逼走他們。我可以帶領大家做那一類型的反擊，可是在黑暗中很難操作，甚至很難找到貓頭鷹群。我們必須等到天亮……」

「我們沒法等，」莫娜說，「等到天亮，一切就太遲了。」

就在這時，又傳來另一聲尖叫，證實了莫娜的觀點。那一定是魯賓森夫妻的叫聲，叫聲比之前更響。

亨利拉了拉莫娜的手，但莫娜卻陷在自己的思緒裡。

「燈籠呢？」她建議說。

羅碧隊長搖搖頭：「我們無法扛著燈籠作戰，會拖垮我們。不行，我們得想點別的辦法……」

亨利再次扯著莫娜的手。

「怎麼了，亨利？」她問。

「螢火蟲。」他說：「**螢火蟲**也在這裡，他們可以照亮天空。莫娜，他們可以辦到的，我知道他們可以。」

「亨利，太好了！」莫娜說。

但羅碧隊長似乎不以為然：「佛羅里恩和螢火隊嗎？我絕對無法和那些螢火蟲合作！」

莫娜沮喪極了，螢火隊也不想跟蜂群合作，莫娜和亨利把兩方人馬請到大廳火爐前的地毯上。

「我們是藝術家，又不是訓練來做這種事的。」佛羅里恩說，螢光閃閃顫顫。「那是你們的工作。你不是老吹牛說，你們有最棒的隊形嗎，這不就是你們展現的機會？」

「相信我，我寧願我們自己去攻擊。」羅碧隊長嗡嗡的嗆回去。

浪費的每一秒鐘，感覺如漫長的一季。莫娜不再聽

到外面有尖叫了，但寂靜感覺卻更糟糕，她壓根兒不知道出了什麼事。

「拜託了，」莫娜說，「我們得救大家，我們得救樹旅館！」她試著揣摩隊長的語氣，但她其實想到只有：「如果我們攜手合作，就有機會成功。」

羅碧隊長頓了一下：「我覺得你是天生的隊長，莫娜。在危難時刻，一個好的隊長會挺身而出，可是……螢火蟲並不懂得『包抄戰技』。」

「你是指『樹頂環飛』隊形嗎？我們當然知道。」佛羅里恩說：「那是我們最愛的隊形之一。」

「你們知道？」羅碧隊長似乎很驚奇。「那麼『穿針引線』呢？」

佛羅里恩和他的隊員猛點頭。

「『大噴射』呢？」

「你是指突然飛出去的隊形嗎？我們稱之為『火光四射』。」佛羅里恩說：「我們做過上千次了，閉著眼睛都能做。」他遲疑了一下，最後終於說：「我想我們是有受過訓練的，我想——」

「就這一次——」羅碧隊長打斷他說。

「我們可以合作一次。」雙方同時把話說完。

「噢，謝謝你們。」莫娜大聲說。

「先別謝我們，」羅碧隊長說，「這一夜還長著呢，真正的戰鬥還沒正式開始。」

螢火蟲立大功

觀星陽臺上一片死寂,只有莫娜怦怦的心跳聲。幾隻螢火蟲輕巧的飛往頂枝,偵查貓頭鷹的蹤影。

等螢火蟲一找到貓頭鷹,便會給出訊號,讓其他軍團加入,然後蜂群便蜂擁而上。

莫娜與亨利緊緊靠在一起,安全的待在門內。樹上掛的燈籠串像小月亮似的照著陽臺,但天空中真正的月亮則藏在雲後。他們的上方與四周,是危機四伏的一片漆黑。

亨利緊緊抓著莫娜的手。

「你可以到樓下去。」莫娜悄聲說。

「不要，」亨利說，「我要跟你在一起。」

莫娜很高興，她也希望亨利待在自己身邊。

陽臺一側的陰影中，羅碧隊長帶著她的軍隊，還有佛羅里恩和他的團隊，候位等待。偵察員能找到貓頭鷹嗎？若是找到了，他們的計畫能成功嗎？蜂群是否能將貓頭鷹嚇走？

莫娜愈來愈擔心了，直到上空漆黑的樹枝空隙間，傳出……

閃光！閃光！

訊號來了。

一切就在一記心跳的瞬間發生了。

天空一亮，空中充斥著蜂群的嗡鳴，蜂群先形成一個巨大的V字形，然後分散成較小的V字，分別針對敵方，展開攻擊。

尖嘯聲！

貓頭鷹竄入空中。

螢火蟲閃著光，蜂群撲飛而上——那是『樹頂環飛』，還是『火光四射』？——貓頭鷹驚駭沮喪的發出尖嘯。螢火蟲真的發揮作用了！攻擊撲天蓋地而來，蕨森林的空中從未見過這等景象。貓頭鷹氣急敗壞的揮著翅膀逃入夜色裡，先是一隻，然後是第二隻，第三隻。

「他們成功了！」亨利大喊，此時他的興奮顯然多過害怕。「瞧！羅碧隊長飛回來了！」

可是，**第四隻貓頭鷹呢**？他一定也飛走了，只是莫娜沒看見。

羅碧隊長降落在莫娜和亨利面前，其餘隊員和螢火蟲則跟在後頭。他們都非常興奮，嗡嗡有聲，並閃著光點慶祝。

「任務完成了！」羅碧隊長宣布說。「我在此宣布，我們的反擊收效了！謝謝螢火隊，你們是頂尖的螢火蟲。」

「你們的隊形也是一流的。」佛羅里恩飛落在羅碧隊長旁邊說：「我從來沒看過『火光四射』——我的意

思是『大噴射』──操練得如此神妙。」

「所有貓頭鷹都……」莫娜尋思怎麼開口。

「撤退了嗎？」羅碧隊長答道：「是的。」她轉向佛羅里恩：「我想我們的隊形**確實**是充滿氣場，讓對手心生畏懼的。」

「老實說，我自己都覺得有點害怕。」佛羅里恩說。

羅碧隊長嗡嗡的說：「我也是，雖然我沒告訴我的隊員。」這回，她咯咯的笑了。

「可是……」莫娜又試了一遍，但蜂群和螢火隊還是不讓莫娜插話──這回不是因為他們在吵架，而是因為他們在相互吹捧。

「說到畏懼，」羅碧隊長說，「我們必須告訴員工和住客剛才發生的事，我們可不希望他們再擔心受怕了。」羅碧隊長發出訊號時，不僅有她的隊員加入，還有螢火蟲。兩隊人馬一起從陽臺往下方的舞臺飛。

他們一定很確定所有貓頭鷹都走了。莫娜放心的

想——直到她聽到佛羅里恩和羅碧隊長的對話從遠方隱約傳來。

「你們剛剛創新了『再見閃光秀』。」佛羅里恩說。

「確實是『再見』沒錯!」羅碧隊長說:「我們很久都不會再見到那三隻貓頭鷹了。」

三隻!他們僅嚇退三隻貓頭鷹而已——不是四隻!**還有一隻**!她很確定她跟他們說過有四隻,可是她記不清了。現在要追究的不是到底她有沒有講過,要是大夥兒從舞臺底下出來,上方還有一隻貓頭鷹在覬覦的話……

「等等,隊長!」莫娜大聲喊著,掙開亨利的手。

「怎麼了?」亨利害怕的問。

沒有時間解釋了。

「你待在這裡!」莫娜說。

「可是……」亨利的尾毛直豎。

莫娜衝進黑暗裡。「**等一等!**」她大聲呼喊,這回聲音提得更高。

但回應她的卻是一片死寂。莫娜連蜜蜂的嗡嗡聲都聽不到了。

不過她還是試圖最後一次呼叫，結果聲音卻化為一聲尖叫。

她的尾巴和鬍鬚在發顫，毛髮豎直。腳下的木頭地板如此寒涼，莫娜能感受到那串燈籠在她背後發出的光，就像一顆目光如炬的眼睛般盯著她。接著，莫娜知道了──那並不僅是燈籠的光，而是目光──真的有一顆眼珠子瞪著她。

是第四隻貓頭鷹，他就在上方的樹枝間。

他正在等候，等著莫娜。

「**你！**」有個深沉的聲音呼道。

莫娜轉過身，貓頭鷹張著爪子，一隻眼睛發著晶光，另一隻滿布疤痕，朝下往莫娜飛撲而來。

她竄越整座陽臺，避開貓頭鷹，暫時算是安全了。但莫娜一直打滑，停不下來，她一路滑到陽臺邊緣，幸好及時伸手抓住欄杆。

貓頭鷹降落下來。

「**你！**」他氣呼呼的喊著，一邊呸著嘴。

「**你！**」貓頭鷹開始緩緩向莫娜逼近，利爪刮著木頭地板。

如果螢火隊和蜂群沒有離開就好了！

莫娜好想喊救命，可聲音卻卡在喉嚨裡。

貓頭鷹的眼睛變得更亮了。

「**你！**」這聲呼叫，不知終結了多少老鼠的性命。

莫娜揮身哆嗦，她沒有地方可逃了，底下除了樹枝，什麼都沒有。

「你！」貓頭鷹往莫娜一衝。

嗶！

貓頭鷹朝亨利的哨音一轉過頭，瞬間便被螢火隊和蜂群團團圍住。

他轉身背對莫娜，卻在轉身之際，翅膀擦過莫娜身體，莫娜的手鬆脫張開……

她在黑暗中看到的是羅碧隊長嗎？還有亨利？

莫娜往下墜跌，眼前一片模糊，一路往下，再往下墜……

重修舊好

莫娜忍不住呻吟。

她的頭好痛，尾巴好痛，但最痛的是她的手腳——痛到她覺得以後再也不能走路了。

莫娜慢慢張開眼睛，她躺在夢寐以求，最棒、最大的床上。她曾整理拍鬆過這張床的羽毛，卻從未在上面睡過。這是頂樓套房的床，**她在作夢嗎**？

陽光從窗口灑入，她睡多久了？她怎麼會在這裡？發生什麼事了？大家都沒事吧？

「莫娜，你醒了。」

是提莉。

莫娜不是在作夢。提莉就坐在床邊，她毛髮凌亂，兩耳之間的蝴蝶結頹垮著，一臉髒兮兮的，彷彿一直在哭。

莫娜試著坐起來，可是提莉說：「動作別太快，你的腳扭傷了。」

莫娜往毯子底下一瞄，發現她的整隻左腳都纏著繃帶。

提莉揉揉眼睛，然後雙臂往胸口一疊。「哼，你到底在想什麼，莫娜？你差點害死自己！我**就知道**你會幹那種事，我就知道。」

提莉深深吸口氣：「噢，莫娜。我……我好擔心你，還有亨利。我不知道他在哪裡，但是我沒辦法離開，不是因為貓頭鷹的關係，而是因為我被鬃刺困住了。我的意思是，被困在舞臺底下是一回事，但被夾在

豪猪跟刺蝟中間，又是另一回事。後來我從宴會廳的窗口看見你的臉，我知道……知道你沒事，我希望亨利也一樣，可是接著……」她翻翻白眼，「你幹嘛老愛扮英雄？」

「並不是只有我……大部分都是蜂群和螢火隊的功勞，還有……亨利！他在哪裡？他沒事吧？」

「我在這裡。」亨利在床邊窺望說。

「你救了我的命。」莫娜尖聲表示。

「我只是吹哨子而已，我差點吹不出聲，我幾乎沒辦法呼吸。我痛恨貓頭鷹，我恨他們！」

「沒事了。」提莉說：「他們現在都走了，而且不會再回來了。」提莉把她弟弟拉近。

亨利抬頭看著她：「是提莉衝到樹枝間救你的，莫娜。我從來沒見過她跑那麼快，直接衝到樹上去。」

「真的嗎？」莫娜問提莉說。

「當然啦。」提莉輕聲答道。「我願意為你做任何事，你是我最要好的朋友。」

這是提莉說過最棒的話。

「只有最要好的朋友才重要。」莫娜又說，那是真話，她覺得滿心溫暖，幸福極了，心底的怨氣一掃而空。

「好了好了，」提莉輕哼一聲，「我們快要變成跟老是滴樹汁的大樹一樣，一天到晚愛掉淚、多愁善感了。」

「我們可沒有刺刺女士那麼愛樹汁，她昨天甚至做了樹汁湯，難喝死了。」亨利說。

「什麼意思？」莫娜問。

「噢，天啊。」提莉說：「刺刺女士戀愛了。」

「什麼？」莫娜大叫一聲。「跟誰？」

「你相信嗎？是我們的一位住客。」提莉說：「我猜多年前，他來我們旅館時，他們倆就互相有好感了，可是刺刺女士曾經拒絕過他。刺刺女士說，她一直很後悔，當對方看到『繽紛之春』的宣傳單上寫著『刺刺大廚的花瓣糕點』時，知道她還在旅館工作，便決定過

來，再追求她一次。他本來想立即向她表明心意的，卻鼓不起勇氣……刺刺女士帶我去看他在樹幹上為她刻的心，還有寫給她的詩……」

「寫在訪客留言簿裡。」莫娜把話說完，想起那則留言寫著：**「暖熱的種子蛋糕，燙嘴的舒芙蕾，你將留駐我心。——奎」**

奎就是奎爾森先生，原來奎爾森先生不是間諜，他是愛上了樹旅館的廚師了！

「你怎麼會……算了。」提莉說：「說到訪客留言簿，我倒想起來了。有位住客要我在你醒了之後，把這個拿給妳。」

「員工不是不能收受住客的禮物嗎？」

「呃，員工也不能睡在客房裡。」提莉逗她說。

莫娜笑了笑，提莉遞上禮物。那是一個本子——一本訪客留言簿，其中有幾頁用草片特別標示出來。

「很抱歉，我沒有機會陪你翻閱訪客留言簿。」提莉說：「這位住客閱讀速度顯然很快。他擔心自己第一

次看得太快，所以又重新看了一遍，結果找到這些留言。他本來想留下來，親自拿給你看，但他得繼續趕路了，因為他是隻蝸牛，到哪兒都得花很久的時間。」

是阿快！莫娜心想。她心跳加速的打開本子，翻到第一根草片，然後開始讀道。

對於像我這樣的鼯鼠來說，樹旅館是個創作藝術的好地方。住在這裡，比我預期中的更具產能，多虧了兩位我結識的小老鼠朋友，他們給了我助益頗大的建議。

—— 摩提斯先生

兩隻小老鼠，那是她的爸爸、媽媽！

莫娜翻到下一頁書標。

十二個小孩不是小數目，謝謝兩位非常會帶孩子的小老鼠。令人驚喜的是，我們竟然發現曾經在村子裡，遇見過他們的親戚。

——刺蝟，漢娜太太

又是她爸爸、媽媽，而且還有他們的親戚？莫娜簡直無法置信。

什麼村子？在哪裡？

她翻頁去看另一則留言，但這一頁沒寫東西。

紙頁上只有兩顆大♥，上面還畫了眼睛和鬍鬚，一定是那群孩子畫的。

提莉從她肩後看著。

「這不是你爸爸、媽媽寫的！」她失望的說：「莫娜，我很遺憾。」

莫娜搖搖頭：「別難過，提莉。我爸爸、媽媽或許沒有留言，但很多的留言中都有提到他們。而且……呃……」她正想把親戚的事告訴提莉，可是……

莫娜沒有分享這個祕密，她決定不說——至少不是立刻說。雖然大部分的祕密能分享最好，但有時候，獨享對自己有意義的好事，感覺也不錯——至少先獨享一陣子吧。

莫娜覺得彷彿整個老鼠家族都進到了這個房間，讓房間裡充滿溫暖。但身軀占滿整個房門口的卻是另位一位——高大、長著鬍子的好好先生。

賀伍德先生！

開心的賀伍德先生

賀伍德先生大步走入房間，他黑白相間的絨毛比以往更加光亮。他沒戴帽子，也沒穿針織外套，鑰匙又掛回脖子上了。**是幻想嗎**？還是那串鑰匙中多了一把新的？而這把歪曲的鑰匙尾端並非心形，而是兩滴的樣子。

賀伍德先生指著莫娜正在看的訪客留言簿，說：「一位住客的吉言，能勝過十個抱怨的住客。但是

我寧可不要讚美，也不希望有員工受傷。」他擔心的皺著眼睛：「我一聽到出狀況，便匆匆趕回來了，我不是故意要離開那麼久的。你還好嗎，莫娜小姐？」

「我很好，賀伍德先生。」莫娜說，雖然她覺得非常疲憊。

「很高興聽到你這麼說。」他回答說。「但是聽到旅館被貓頭鷹攻擊，我實在高興不起來。」

「那是因為『繽紛之春』活動的緣故，我們……我們是不是有麻煩了？」亨利結結巴巴的說。

賀伍德先生嚴肅沉默了一會兒，然後才表示：「我們都會犯錯，責怪是沒有意義的。不過，忘記守護大家的安全，真的是很丟臉的事。我短期內不會再離開了，我本來想參加開幕盛會，但我決定不去了。」

雖然他們沒惹上麻煩，但讓賀伍德先生失望，莫娜覺得非常難過。現在他因為旅館的事，而被迫改變計畫了。莫娜很想說，希望之後還能有機會向賀伍德先生證明，他們能夠照顧旅館。這時，亨利尖聲的問：「什麼

開幕盛會？」

賀伍德先生拿出彎彎的新鑰匙：「我去拜訪的那位好友，開了一家新的旅館叫『**河狸旅舍**』，是給水棲動物住的。」

是嗎？那個「轟動豪華」的旅館，是給水棲動物住的！

「就是**那間**害我們擔心得半死的新旅館嗎？」提莉大叫說，她顯然還沒聽到這項消息。

「沒錯。」賀伍德先生說：「班哲明希望我幫忙籌辦旅舍的事，我覺得可以好好趁機放鬆。他視為工作的事，對我來說，卻是種樂趣。沒有什麼比幫助朋友更棒的了。我原本可以告訴你們，但班哲明希望我保密，免得計畫失敗。噢，幸運的是，計畫很成功！河狸旅舍真的會改變蕨森林的河流流向，因為旅舍必須在溪流頂端蓋一個新的水壩。」

「那樣根本不算競爭對手，」提莉大呼說，「一點都不算。」

「不過，就算有另一間森林旅館，也不算有競爭對手，」莫娜瞄著亨利，「對不對，賀伍德先生？」

賀伍德先生點點頭：「只要我們堅守自己的長處，虛心提供服務，就會有源源不絕的賓客入住！」

他一口氣押了三個韻。

賀伍德先生回來了，而且狀態極佳！

他開始形容新旅舍的種種，從水獺經理到麝鼠服務生，莫娜的眼皮忍不住愈來愈重，接著便不知不覺睡著了。她夢到新旅館，有燈心草毯子、睡蓮葉枕頭，還有用波浪搖蕩的水床。但旅館裡沒有麝鼠或鰷魚服務生，而是有用鬍鬚輕輕搔著她癢，唱歌哄她入睡的小老鼠。

因為賀伍德先生堅持，於是莫娜在頂樓套房裡住了整整一個星期。莫娜覺得像貴客般受寵！大家都對她極好，只是有時提莉會哼說：「說真的，腳受傷要多久才會好？沒有你，根本不可能全部打掃乾淨，真不知道在你來之前，我都怎麼打掃的。」不過提莉還是擠出時間，在莫娜的圍裙上繡了顆新的心。

亨利總是待在頂樓套房幫莫娜跑腿，無論她需不需要他幫忙。不過，大部分時間她確實都需要。

接著有一天，亨利驕傲的宣布說：「賀伍德先生給了我一份差事！**我是樹旅館的門僮**。一開始我告訴他說，我不像兔子或青蛙那麼會跑會跳，但他說，誰都能當門僮，只要擅長跑腿辦雜事就行。而我一直都在跑腿啊！」

「你一定可以勝任。」莫娜說，即使那意味著，接下來亨利會問她一大堆問題，但她並不介意。

「謝謝！」亨利邊說邊跳，跳得幾乎跟兔子一樣高，他真的好興奮。

不久，莫娜也可以跳了，她扙著小枝枒做的拐杖，在房裡跳來跳去。莫娜唯一不去的地方，是頂樓套房的陽臺。雖然莫娜沒有說出口，但她其實很害怕。頂樓陽臺和觀星陽臺十分相似，除了小一點之外。每次莫娜往陽臺看，便想到那隻貓頭鷹——和他那顆怒火熊熊的眼睛。

雖然如此，莫娜還是能透過陽臺的窗口看到庭院。庭院裡的蛋、花朵、舞臺通通撤走了，恢復成單純的青苔地，四周全是黑莓，還有好幾個坐落其中的蘑菇帽座位，那才是莫娜喜愛的模樣。不過在莫娜可以丟開拐杖之前，要沿著樹旅館的樓梯往下走，還是有些難度。於是，賀伍德先生決定把原本要在宴會廳舉行的「樹旅館跳跳節」，移到頂樓舉辦。他宣稱說，沒有適當的「樹旅館狂歡慶」，春季便不算完美結束。

　　不過，這次他們會低調很多。低調而完美。

　　客廳裡有音樂，但沒有樂團，只有一隻青蛙和一頭浣熊一起彈奏樂曲。吉爾斯的顏色和心情似乎有些黯淡，他頒發英勇勳章給羅碧隊長和佛羅里恩，但沒有其他的獎品了。那是他身為經理的最後一項工作。頒完獎後，莫娜看到他取

下經理的牌子，收進口袋裡。莫娜替他有些難過，可是接著她看到希金斯太太搭住吉爾斯的肩膀，說：「一位好經理並不需要作秀，只需要老老實實做好份內的事，這項本領你早就有了。」

這是莫娜聽過，最高明的方式表達：**早跟你說了！**

餐廳裡擺滿刺刺女士準備的食物，奎爾森先生吃掉一大半，提莉和亨利緊追在後。

他們僅邀請少數賓客，阿快原本會在其中，但他已經離開樹旅館，趕往河狸旅舍了。原來他的生日訂房是訂在開幕當天。阿快本來可能提早到，但現在只要他不再迷路，應該能準時抵達。

魯賓森夫婦也在，並帶著他們終於孵化出來的寶寶。事實上，寶寶在舞臺底下破殼而出，所以魯賓森太太才會在黑暗中叫得如此大聲，因為她的寶寶出生了。鳥寶寶全身都是粉紅色和灰色，但她的眼睛已經張開了。

「她叫什麼名字？」在餐廳裡的莫娜一邊用拐杖穩住自己，一邊嚼著種子蛋糕問。

「羅碧。」魯賓森太太驕傲的說。

「如果是男孩的話，會叫佛羅里恩。」魯賓森先生又說：「我們考慮過用莫娜為她命名，可是我們的小寶貝長大後，胸口會生出像紅寶石般紅毛……」

「當然了，」莫娜說，「羅碧（譯注：Ruby也有紅寶石的意思）是非常棒的名字……」

碰！

一聲巨響打斷了莫娜的話。

「糟糕！」魯賓森太太喊說。

「不會又來了吧！」魯賓森先生嘆口氣。寶寶羅碧不知怎的，把一整個盤子拖下桌子，種子蛋糕像下雨似的落在她毛絨絨的小頭上，差點兒將她淹沒。寶寶羅碧沒有怯怯偷看，倒是開始啄食種子。

「不行，羅碧，別吃那些東西。」魯賓森太太說。

魯賓森先生也說：「你還不能吃固體食物，只能吃反芻的蟲蟲。」

寶寶羅碧膽子很大，跟羅碧隊長一樣無所畏懼。

說到這兒，羅碧隊長去哪兒了呢？莫娜從門口望向陽臺，也許她又在外面了。蜂群最後還是決定留在樹旅館，而且不僅是留下來，羅碧隊長、佛羅里恩和湯尼，一整個星期都在旅館四周的森林裡巡邏，幸好迄今沒再看到任何貓頭鷹的行跡。

不過……莫娜還是不寒而慄。

接著，她注意到亨利了。他站在門口，望著外面，尾巴整個蓬起。莫娜跳過去，想知道他在看什麼。

陽臺上什麼都沒有，只有漆黑的夜空、星星和橡樹葉。

「亨利害怕走到外面去。」提莉走到莫娜身後說：「在出了那種事之後……」

「我也是。」莫娜說：「可是如果我們三個一起，

就沒有那麼可怕了。」

亨利點點頭。

於是，她們三個手牽手，走到戶外。

夜晚平靜無聲，在他們身後傳來派對的歡笑聲，底下森林的樹梢如波浪般搖曳，沐浴在月光甜美的光華中。上方的星群如遠處的螢火般明滅閃爍，而更近一點的地方，真正的螢火蟲則閃呀閃的隨同蜂群，在旅館四周不停飛繞巡邏。

空氣甜美而溫暖，莫娜的心情好滿足。她知道現在有足夠的房間，等著隨夏日而來的事物——或賓客。

「不可怕嘛，」亨利說，「其實還滿……」

「『心咚』的。」莫娜說。

其實沒有這種詞，但她在那一瞬間脫口而出，覺得很應景。

「心咚？」提莉挑著眉說問。

「有時候，什麼都不說也很好，」莫娜解釋道，「除非是新創的說法。」

提莉翻著白眼：「噢，莫娜，你的口氣聽起來**超像**賀伍德先生。」

莫娜倒是覺得很自傲呢！

松果日報

號外！號外！號外！
河狸旅舍盛大開幕

　　嶄新的河狸旅舍昨日於蕨森林邊陲的池塘中開幕了。對所有游經此地的朋友而來說，絕對是值得興奮的一大福

音。旅舍專為水生朋友規畫設置，有一道標示明確的水底特殊入口。旅舍內為青蛙朋友設有泥室，為活力四射的水獺朋友備有運動室，以及在屋頂提供適合水蜘蛛入住的房型，日間休息室則提供所有魚兒，在此安全享受午間休憩的時光。

旅舍老闆，班哲明・邦克斯先生是受到好友賀伍德先生的啟發，也就是榮獲五顆橡實評價的樹旅館老闆，本刊在秋季號中曾報導過樹旅館。班哲明先生表示：「我們跟樹旅館一樣，堅持『保護與尊重，絕不以爪牙相向』，因此我們的餐廳打算只供應素食。」

旅舍菜單上有燉水草、睡蓮葉醬和樹皮鬆餅，館方保證服務周到，在水面上有麝鼠服務生，水底下有鱗魚服務生，甚至設有淺灘區，提供前來拜訪水生朋友的陸地動物使用。該旅舍能為蕨森林增色，並且吸引藉河流旅行，尋找下榻之處的動物。旅舍開始營運後，本刊會做正式的評價與橡實等級評審。

其他消息：佩圖妮亞・刺刺與昆丁・奎爾森將於仲夏日在樹旅館舉辦結婚典禮，僅限受邀者入席。

【相關消息】
樹旅館的昆蟲套房已重新整修完工，歡迎入住！

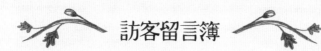

訪客留言簿

想像一下，如果你正要從樹旅館退房，你會在訪客留言簿，寫下怎麼樣的住宿體驗呢？你覺得滿意嗎？或者有讓你感到不愉快的地方？你有參加任何「繽紛之春」的活動嗎？

樹旅館

訪客留言簿

姓名：

_____

自畫像

住宿日期：

_____

動物名稱：

_____

樹旅館

訪客留言簿

你最喜歡樹旅館哪些服務呢？

致謝

許多熱心人士——家人、朋友和同事——在他們的生活中，為我和我的故事騰出空間。

謝謝我的爸爸、媽媽、哥哥、瑪莉，以及照顧我的爺爺、奶奶。

謝謝我的朋友們，包括筆桿子（Inkslingers）寫作團體的成員：唐雅里歐德奇（Tanya Lloyd Kyi）、瑞秋德蘭妮（Rachelle Delaney）、克莉斯蒂高爾岑（Christy Goerzen）、雪儂歐基爾尼（Shannon Ozirny）、羅莉薛麗特（Lori Sherritt）、瑪音廓雷斯（Maryn Quarless）、李艾德華弗帝（Lee Edward Fodi）、莎拉吉林罕（Sara Gillingham）與維姬凡希可（Vikki Vansickle）。

十分謝謝我最卓越的編輯羅騰瑪斯科維奇（Rotem Moscovich）、海得麗戴爾（Hadley Dyer）和蘇珊蘇德蘭（Suzanne Sutherland），以及迪士尼亥博（Disney Hyperion）、加拿大哈珀柯林斯（Harper Collins）了不起的出版團隊，以及優秀的藝術家史蒂芬妮·葛瑞金。

　　謝謝我的經紀人艾蜜莉凡畢克，我心愛的老公路克史班斯畢爾德，以及最棒的蒂芬妮史東，在我撰寫《樹旅館》時，她幾乎是陪我泡在旅館裡。

XBSY0038

樹旅館 3　友情的考驗
Heartwood Hotel: Better Together

作者｜凱莉‧喬治 Kallie George
繪者｜史蒂芬妮‧葛瑞金 Stephanie Graegin
譯者｜柯清心

字畝文化創意有限公司
社　　長｜馮季眉
編　　輯｜戴鈺娟、陳心方、巫佳蓮
特約編輯｜洪　絹
美術設計｜劉蔚君

讀書共和國出版集團
社　　長｜郭重興　發行人暨出版總監｜曾大福
業務平臺總經理｜李雪麗　業務平臺副總經理｜李復民
實體通路協理｜林詩富　網路暨海外通路協理｜張鑫峰　特販通路協理｜陳綺瑩
印務協理｜江域平　印務主任｜李孟儒

出　　版｜字畝文化創意有限公司
發　　行｜遠足文化事業股份有限公司
地　　址｜231 新北市新店區民權路 108-2 號 9 樓
電　　話｜（02)2218-1417
傳　　真｜（02)8667-1065
E m a i l｜service@bookrep.com.tw
網　　址｜www.bookrep.com.tw
郵撥帳號｜19504465 遠足文化事業股份有限公司
客服專線｜0800-221-029

法律顧問｜華洋法律事務所 蘇文生律師
印　　製｜中原造像股份有限公司

2021 年 11 月　初版一刷
2022 年 7 月　初版二刷
定價｜330 元
ISBN｜978-986-0784-67-1
書號｜XBSY0038

Heartwood Hotel : BETTER TOGETHER
Text copyright © 2018 by Kallie George. Illustrations © 2018 by Stephanie Graegin
Published by arrangement with Folio Literary Management, LLC and The Grayhawk Agency.
Complex Chinese translation rights © 2021 WordField Publishing Ltd, a Division of Walkers
Cultural Enterprise LTD.

國家圖書館出版品預行編目（CIP）資料

樹旅館. 3, 友情的考驗/凱莉.喬治(Kallie George)著；史
蒂芬妮.葛瑞金(Stephanie Graegin)繪；柯清心譯. -- 初
版. -- 新北市：字畝文化出版：遠足文化事業股份有限
公司發行, 2021.11
　　面；　公分
譯自：Heartwood hotel : better together.
ISBN 978-986-0784-67-1(平裝)

874.596　　　　　　　　　　　　　　　　110014813